선물

글·그림 김정미

천선화 전혜진 고하늘 오상균 우진희 동산한의원 류명숙 호수식당
해성사 장종순 배경 권은재 안정희 감규랑 손동교 김태엽 김정애
백영재 오현섭 차재성 김정은 조경은 이은숙 박준자 김경란 홍순자
배수한 이숙자 이경희 오미숙 신보라 박창섭 김정운 연산상회 이희주
한정미 최기선 한밭불교 민병린 우종윤 설이채은 박은희 김도경 오혜순
김수경 손선주 이인애 조경숙 허준회 우춘란 임정희 백준엽 김재순
박인욱 박진태 군산웨딩폼 광은사 루치아 황지선 유선화 이선자
정윤분 김진미 김명회 신종숙 민동숙 류은옥 김이순 정윤호 조정선
정영미 이은정 류정훈 박종선 남매화 이선영 고영훈 진성포교원 오행생식원
그림을 마시다 김선국 정연주 이명자 이송희 박주미 정혜성 양예신
전봉관 이응연 윤은정 박선영 이종우 김수현 정관호 송재연 강동길
강영주 김예분 박현정 케니박 캐서린 앤드류 매튜 김영애 조나단
전경희 서재흥 이광희 이상묵 이로미 박혜숙 안경순 오해경 이민호
이플로라 이응숙 진성철학관 문수만 엄의숙 조명길 박명욱 심영임 스티브최
최윤정 김보미 김병진 이성애 한근숙 이미수 윤보경 오석순 정유진
염혜정 전정희 류환 성열상 김기철 김보민 김은하 이선주 황길연
임은영 이소선 정연호 김정만 최영미 정연옥 정은경 권민재 이해란
임춘섭 이교순 박일미 김석영 김지수 문혜용 김진아 김호성 그 외(선주문 해주신 분)

선 물 I

초판 1쇄 인쇄	2014년 01월 09일
초판 1쇄 발행	2014년 01월 17일

글·그림	김 정 미
디자인	배 유 빈
펴낸이	손 형 국
펴낸곳	(주)북랩
출판등록	2004. 12. 1(제2012-000051호)
주소	서울시 금천구 가산디지털 1로 168, 우림라이온스밸리 B동 B113, 114호
홈페이지	www.book.co.kr
전화번호	(02)2026-5777
팩스	(02)2026-5747

ISBN	979-11-5585-111-1 04810
	979-11-5585-128-9 04810(set)
	979-11-5585-112-8 05810(전자책)

이 도서의 국립중앙도서관 출판시도서목록(CIP)은 서지정보유통지원시스템 홈페이지(http://seoji.nl.go.kr)와
국가자료공동목록시스템(http://www.nl.go.kr/kolisnet)에서 이용하실 수 있습니다.
(CIP제어번호 : 2014000834)

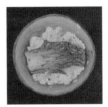

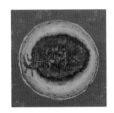

선물 I

글·그림 김 정 미

꿈, 사랑, 연애, 결혼, 일 ,우정, 인생,

사람들과의 소중한

인연의 '행복한 밥상' 그림 이야기

아줌마에서 아티스트가 되기까지 50년 성장 스토리

마음의 배고픔을 채워 줄 맛있고 행복한

인생의 '종합선물 세트'

book Lab

김정미

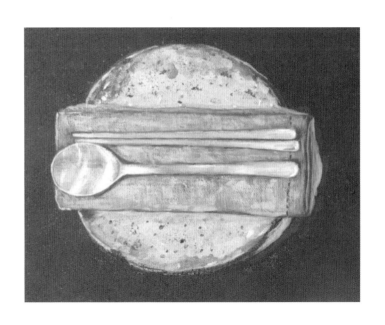

Jung. Mi

시작하며

　서울의 가장 높은 산꼭대기에서 나의 인생은 시작되었다. 머리 위에서 별들이 금방이라도 우르르 쏟아질 것 같은 아름다운 하늘이었다. 다닥다닥 붙어 있는 낮은 집들의 창문에서 새어나오는 불빛은 온통 별처럼 반짝거렸고 하나의 우주처럼 보였다. 왼쪽 가슴에 손수건 달고 가방을 들쳐 업고 헐레벌떡 집으로 올라가는 소녀에게 그 작은 골목들은 한없이 길고 힘겹게 느껴졌었다. 그런데 이젠 책가방 대신 숄더백을 어깨에 걸치고 만만치 않은 삶을 짊어진 채 정신 바싹 차리고 살고 있다.

그 꼬맹이 소녀가 중년이 되어 고개 젖히고 하늘을 올려다보니 이제 많은 별들은 찾기 어렵다. 따스한 이불 속으로 엉금엉금 기어 들어가 스마트폰을 만지작거리며 '좋아요!'를 눌러 공유하고, 미술서적 안의 영혼의 화가 고흐의 '별이 빛나는 밤' 그림이 하늘의 별보다 더 멋지게 보인다. 거대한 시멘트 빌딩, 수많은 아파트의 불빛들이 아련하게 보인다.

화이트아웃(white out)이었던 10대에 '세월아, 빨리 가라' 하며 어른이 되기를 무작정 기다렸는데, 기다리지 않아도 아침에 일어나 커피 한 잔을 마시니 4박 5일처럼 겨울방학 추억을 생각하기도 전에 지천명이 되었다. 이제는 한 달에 한 번 외식은 안 해도 염색을 안 할 수가 없고, 화장을 하지 않고는 맨 얼굴로 외출할 자신이 없다. 서서히 노화가 시작되며 몸뚱이 한 군데 두 군데씩, 뼈와 어깨, 엉덩이도 쑤신다. 어린 시절에는 방바닥에 굴러다니는 과자 부스러기를 주워 먹었건만, 이제는 비타민과 영양제, 피로 회복제 알약을 잽싸게 주워 먹게 되었다.

그러나 나는 '선물'로 받은 새로운 나이 50살이 스무 살보다 더 좋다. 나이 듦을 지극히 감사하게 맞이한다. 50살은 나에게 스위트 스팟(Sweet spot)의 나이다. 여전히 정신력은 스무 살, 주민등록증 나이는 50살! 무엇이든 다시 달콤하게 시작할 수 있는 나이다.

다시 시작한다는 것은 참 좋은 것 같다. 얼마나 희망 있는 말인가. 굉장히 사색적이고 감각적인 영화 '벤자민 버튼의 시계는 거꾸로 간다(The curious Case of Benjamin Button)'는 "인간이 80세로 태어나 18세를 향해 늙어간다면 인생은 무한히 행복하리라." "우리 인생에서 최고의 순간이 맨 처음이고 최악의 순간이 마지막에 온다는 것은 참으로 슬픈 일"이라고 말한다. 피

츠제럴드 감독이 마크 트웨인의 말에 영감을 얻어 만든 이 영화를 보며 일생을 서서히 되돌아보게 되었다. 나의 인생의 최악도 전반전에 모두 지나갔다. 최고의 순간을 50살 이후로 만들고 싶다.

지겨운 것을 무척 싫어하고 새로운 것에 호기심이 많은 나는 매일 새로운 하루, 상념, 뜻하지 않은 반전들을 좋아했던 것 같다. 평범했던 아줌마에서 최후의 노력으로 아티스트가 되었으니 날마다 창조적인 날이었다. 나의 소망대로 지루하고 지겨운 날은 난 하루도 없었다.

인생은 전반전보다 중반전 이후의 삶이 중요하고 더욱 행복해야 한다. 사는 시간들이 점점 줄어들기 때문이다. 나이 들수록 시간과 사람들이 소중해진다. 요람에서 무덤까지 천천히 사람들은 생태계와 자연과 더불어 희로애락을 다양하게 경험하며 인생이라는 수십 년의 장거리 여행을 한다. 무식한 것, 가난한 것, 못 생긴 것은 죄가 아니지만, 열심히 살지 않은 것은 죄라고 누군가는 말했다. 빠삐용은 꿈속에서 재판관으로부터 인생을 낭비한 죄, 유죄라고 선고를 받았고, "지금 사랑하지 않는 자, 모두 유죄"라는 노희경의 시어는 너무 강렬하다. 이 몇 줄의 말이 열심히 살게 만들었는지도 모르겠다. 그래서 예술은 사람을 변화시킨다. 한 줄의 글로, 한 점의 그림으로, 아름다운 음악소리로….

'사랑' 두 글자 실천하기란 얼마나 힘이 드는가. 오래 전부터 '시간 소중하게 여기며 예술을 사랑하며 사람들의 좋은 점만 보며 열심히 살자'를 평생 나의 인생관(One's view of life)으로 만들었다.

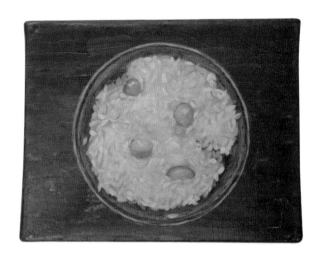

  어쩌면 그림만을, 행복만을 사랑한 것이 아닌 불행, 좌절, 고난, 실패, 외로움, 슬픔까지도 사랑한 것 같다. 이것마저도 나의 인생인데 어찌 행복한 것, 달콤함만 좋아할 수 있을까. 너무 일찍 성공하는 것도, 먼저 행복한 것도 꼭 좋은 것만은 아니다. 인간의 행복과 불행은 자신의 '마음' 안에서 창조하기 나름이고 남들보다 조금 늦거나 빠를 뿐이다.

  나는 성공이란 말보다 성장이라는 말을 더 좋아한다. 성장은 또 다른 배움이기 때문이다. 내가 불행할 때 누군가는 나보다 먼저 행복하게 살았고, 내가 행복할 때 나보다 일찍 행복했던 그 누군가는 나와 반대로 살고 있다. 지금 행복한 사람 어제 불행했던 사람이고, 오늘 슬프더라도 내일은 희망이며 행복이 기다리고 있다는 운명의 법칙을 알게 되었다. 이전의 지나버린 인생이 행복하지 않더라도, 중년 이후의 인생이 있기 때문에 아직 행복할 시간 희망은 충분히 많다.

사람들은 스트레스와 마음의 상처, 외로움, 서글픔을 모두 갖고 살아간다. 스무 살부터 쉰 살까지 30년 동안 매일 일을 하면서, 수많은 사람들을 만나면서 수십억 인구 중에 겨우 몇 백 명, 가깝게는 겨우 몇 십 명하고만 공유하고 소통하며 살아가는 것 같다. 나의 핸드폰에 저장된 사람은 나와 어떤 인연인가 생각해보았다. 이 세상 모든 사람들과 인연이 될 수 없기에, 핸드폰에 저장되어 있는 사람들한테는 스트레스 주지 말고 쓸데없이 짜증내지 말고, 새로운 낯선 사람한테는 친절하게 조용히 살자 했다. 내가 알고 있는 사람들은 매일 작은 일상에 행복을 느끼며 힘차게 살았으면 좋겠다. 노후 준비도 매우 중요하지만, 그전에 더 중요한 것은 소소한 일상의 행복을 찾으며 희망을 갖고 살아가는 것이다. 나에게 꿈이 없었다면 여기까지 오지 못했을 것이다. 앞으로 10년 후 60살이 되어도, 어떠한 불행이 닥쳐와도 삶에 대하여 징징거리지 않고 더욱 간결하고 쿨(cool)하게 늙어가고 싶다.

많은 풍요로움으로 인해 인생에 대한 우리들의 열망은 전보다 높아지고, 수명이 길어지고 장수하게 되면서 나이에 대한 개념과 숫자가 점점 모호해지고 있다. 마음은 항상 소녀시대요, 블랙커피 대신 이제는 생강차와 모과차에 손이 먼저 간다. 걸 그룹의 댄스보다 트로트 가사 내용이 마음에 들어온다.

나는 세상에 대한 호기심이 너무 많은 어모털리티 (Amortality) 족이다. 이 『선물』이라는 책은 나이를 생각하지 말고 나의 '자리'를 찾아 굳게 지키며, 꿈을 간직하고 자신을 끝까지 사랑하자는 뜻으로 4개월 동안 만들게 되었다. 사람은 자신이 인정받는 그 '자리'에서 오래 머물고 싶어 한다. 그 자리가 회사든 작업실이든, 집이든 현장이든, 소셜 미디어이든 사랑이든 또는 우정이든 간에, 자신이 행복해지는 그 자리에서 그 사람들과 어울리는 것을 좋아한다.

사람들은 자리를 지키기 위해 힘들게 경쟁하고 분투하지만, 나는 누구와도 경쟁하지 않았다. 안 되면 안 되는 것이고, 욕심 없이 살아서 남의 자리를 탐내지도 않았다. 돈 버는 일을 떠나서 내가 꼭 해야 할 일, 행복해지는 일에 목표를 정하고 집중한 것 같다. 거북이는 옆에 있는 토끼와 경주하지 않았고 '자신의 목표'와 경쟁했다. 남의 것만 부러워하고 비교하다가 내 인생을 쓸쓸하게, 후지게 만들고 싶지 않았다.

나 '자신'이 행복해야 집안의 3대가 행복하다. 내가 행복하지 않은데 가족들한테 행복이 진실로 전해지겠는가. 그래서 가족의 행복을 위해서라도 나 '자신이 먼저 행복'하게 살고 싶었다.

상큼했던 새댁 겉절이에서 희로애락을 다 겪은 중년의 포기김치, 그리고 이제는 묵은지의 깊은 맛을 여유롭게 먹고 있다.

그림책 『선물』은 2013년 9월 1일부터 나의 핸드폰에 저장되어 있는 단골 손님, 지인 분들의 4개월에 걸친 선주문으로 만들어진 '행복한 밥상 프로젝트'이다. 50년 동안 살아오면서 내 인생에 그 한 사람 때문에 도미노처럼 새로운 사람들을 만나기도 하고, 그 한 사람 때문에 행운과 복을 가져오기도 했다. 그 한 사람이 절실했던 그 순간에 중요한 마지막 퍼즐 조각 같은, 열쇠와도 같은 키 퍼슨(Key-person)이었다.

퍼즐처럼 한 명씩 한 명씩 인연의 '선물'로 50년을 채운다. 나에게 상처 주는 사람이 많다고 생각하면 수십 명이고, 걱정이 많다고 생각하면 수십 가지의 걱정들이 과거, 현재, 미래까지 하루 종일 소나기처럼 떠오른다. 오늘 하루만 진실로 행복하게 살자. 이 마음가짐이 오늘의 나이다.

그림을 그리면서 평온을 찾았으며 나는 그 누구에게도 상처 받지 않았다. 모두 나의 잘못이었다. 걱정이 없다고 생각하니 한 가지의 걱정도 생각나지 않았고 내게 상처 준 사람도 없었다. 이제는 몸과 마음, 영혼에 아무것도 들어 있지 않고, 갑자기 큰돈이 생겨도 휘둘리지 않는다. 평정심을 찾는 데 쉰 해가 걸린 것 같다. 나 혼자 잘나서 되는 것은 아무것도 없었고, 나의 핸드폰에 저장된 고마운 '인연'의 사람들 덕분에 50년을 잘살게 되었던 것 같다.

언제 밥 한 번 먹을까요?

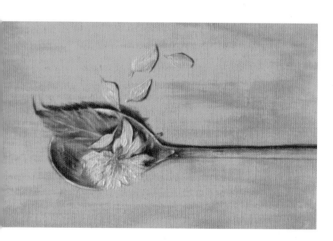

4개월 동안 『선물』 그림책을 준비하면서 많이도 울었다. 몇 년 전에 돌아가신 친정아버지와 시아버님 생각나서, 살아 계신 친정엄마, 시어머님 생각나서, 고마운 나의 친구들, 형제들, 친척들, 대전의 오래된 단골손님들, 동네 사람들, 화가 선생님들…, 나의 핸드폰에 저장되어 있는 450여 명 인연들이다.

처음부터 화가가 되려고 작정하고 그림을 그린 것은 전혀 아니었다. 그림이 좋아서 오랜 세월 그렸는데, 쉰 해를 되돌아보니 화가가 되기 위한 '운명'이었던 것 같다. 그림은 나에게는 수양이고 명상이고 그림자 같은 동반자였다. 그림으로 행복하니 포기할 이유 없고, 앞으로 더 배고픈 직업이 될지라도 '나 자신을 행복'하게 해주는 그림으로, 마지막 직업을 화가로 남고 싶다. 한 점의 첫 번째 그림을 전시하기 위해 20년 이상의 연습 시간이 있었다. 앞으로 70살까지 20년 더 천천히 그림공부를 하고 싶다.

무엇을 하든 배움은 늘 호기심이다. 친구들의 간절한 기도와 절대적인 지지와 응원을 받으며 그림을 그렸다. 다시 돌아오지 않을 49세 끄트머리 4개월 동안 극적으로 만든 음식 그림책 『선물』은 꿈, 사랑, 연애, 결혼, 일, 우정, 사람들과의 인연 등 행복한 밥상 50년 성장 스토리로서, '인생의 종합 선물 세트'가 세상에 나오게 되었다.

한국에서 태어나 한국 음식을 먹으며 소나기처럼 쏟아지는 정크푸드와 패스트푸드, 퓨전푸드 속에 한국의 슬로푸드, 소울푸드, 어머니의 정과 사랑이 들어간 한국 음식을 그리며 늙어가고 싶다.

패스트푸드와 스마트폰은 빠름 빠름 빠름~,

슬로푸드와 사랑은 느림 느림 느림~.

2014년 1월 쉰 살에
한국 사람들이 가족과 행복하게 살 수 있는 그날을 꿈꾸며
채영 갤러리 작업실에서 김정미

커플 게의 러브 스토리

사랑하고 또 사랑하라

　처음 만나는 낯선 사람이 오랜 인연이 되기도 하고 친구가 되고 부부가 되기도 한다. 낯선 사람들한테 친절하고 따뜻하게 해주는 것은 그 사람의 카르마(Karma)이기도 하다. 한 번의 사랑, 한 번의 프러포즈, 한 번의 결혼으로 나의 리얼리티 인생은 시작되었다.

외로움은 서로의 진심을 얻지 못해서 생기는 것이라고 생각하고 있었기 때문에, 사랑은 동정해서도 안 되고 일방적인 사랑도 아닌, 둘이 진심으로 소통하는 것이어야 했다. 모든 인연과 사랑은 억지로 될 수 없고, 놔줄 때 놔줘야 한다. 그리고 다시 시작할 수 있는 타이밍이 있으면 다시 시작하면 된다. 형체가 없다고 사랑이 끝나는 것도 아니다. 'Out of sight, Out of mind.'는 나에게 통하지 않는다. 보이지 않는 것이 보이는 것을 지배한다고, 보이는 것만이 전부가 아니라 언젠가는 진심이 다 보이기 때문이다. 진실은 오랜 시간이 걸리지만, 아는 사람은 다 안다.

누군가는 우주보다 더 깊게 사랑할 수도 있고, 누군가에게는 아무 일도 아닐 수 있는 것이 사랑이다. 겉절이 사랑은 맛있고 상큼하지만 하루 지나면 끝이다. 묵은지 사랑은 다양한 요리를 할 수 있고 오랫동안 먹을 수 있으며 그 깊은 맛을 결코 따라올 수 없다. 좋은 조건, 멋있을 때, 부자일 때, 잘나갈 때, 행복할 때만 사랑인가. 살다가 어려워져도, 다리가 없어져도, 그 사람의 단점까지 보듬어 주는 것, 그 사람의 주위 사람까지 존중해 주고 좋아해 주는 것도 사랑에 포함되어야 한다. 내가 좋아하는 사람들이, 친구들이 행복할 때 나도 행복하다. 친구들의 기쁨이 나의 기쁨이다. 세월이 지날수록 돈의 무게보다 사랑의 무게가 더 크다는 것을 나이가 들면 누군가는 서늘하게 알게 될지도 모를 일이다.

내가 왜 그 사랑하는 사람과 결혼하지 않았을까…. 차라리 돈으로, 일로 위안을 받으면 얼마나 좋으련만…, 돈도 없고 사랑도 없고, 일도 없고…. 이래저래 후회하느니 나는 확률 높고 안전한 '사랑'을 먼저 선택했다. 내가 쉰 살 이후에 가난하게 살든 부자로 살든, 없으면 없는 대로 있으면 있는 대로, 일

시불이든 12개월 할부든 괜찮다. 없어도 긍정적으로 살았으니…. 나는 키가
작아서 학교 다닐 때 맨 앞자리에 앉는 것이 너무 싫었는데, 오빠는 키 큰 여
자를 싫어했다. 나는 키 큰 여자한테 아무 경쟁 없이 그냥 이겼다.

커플 꼬막: 간장에 절여져 있는데도 저 맑은 눈동자 좀 봐.

            손잡고 프러포즈 중인가 봐.

            지극히 바라보며 한 걸음 뒤에서 손을 잡고 있어.

            사람들이 다리를 이빨로 깨물고 젓가락으로 쑤시고 빨아먹고
            후비고…,

            다리가 잘려도 조용히 사랑하는 것 봐.

            우린 뭐지?

            사랑한다고 요란만 떨다가 빈껍데기만 남은 것 같아!

            저 게들은 왠지 사랑이 꽉 차 보여.

            꼬막도 둘이 반쪽 나눠먹어야 사랑이지,

            혼자 맛있게 먹는 것은 반쪽 사랑이야…

            달그락달그락, 혼자 목도리를 하면 따뜻할까,

            기다란 목도리 같이 둘러야 진짜 따뜻하지….

            밍크코트가 정말 포근할까,

            고스톱 내리치던 남자의 두 팔뚝이 더 포근하지.

커플 게: 니들이 참사랑의 게 맛을 알아!

            돈이 없다고 사랑이 끝나는 것도 아니고,

다리가 없다고 사랑이 끝나는 것은 아니야.

마지막까지 사랑하는 것이 사랑이야.

사랑한 만큼 사는 것이고, 노력한 만큼 대가를 받고,

그림도 자신이 아는 만큼만 보이는 거야.

5명의 친구보다 그 친구 1명이 낫다면 1명을 선택해!

많은 시간과 에너지, 돈을 줄일 수 있으니! 쉽 넘어 봐라,

새로운 친구 만들기 쉽지 않을 걸.

음식 못 하면 요리 잘하는 친구를 만나면 되고,

내가 똑똑하지 못하면 똑똑한 친구를 만나면 되고,

집안에 행복이 없으면 집 밖에서 찾으면 되고,

하는 일마다 안 되는 사람은 하는 일마다 잘되는 사람을 만나면 되고!

인간의 근본적인 행복은 집안이나 집 밖이나 같다고 어느 철학

자는 말한다.

꽃반지 끼고 번지점프 하는 낙지:

위대한 개츠비(디카프리오오오~)의 친구 닉(토미 맥과이어어어

~)이 그러잖아.

"그들 모두를 합친 것보다 당신이 낫다."

"우리는 끊임없이 과거로 떠밀려가면서도 앞으로, 앞으로 계속

나아가는 것이다."

"그 사람의 좋은 면을 찾아야 한다."

커플 꼬막: 오~ 개츠비! 사랑 때문에 독박 뒤집어쓴 거야! 이런 니미럴~.

때깔 좋은 굴비: 나도 닉 같은 의리 있는 친구 1명이라도 있었으면 좋겠어!

꼬막! 너희는 빈껍데기라도 커플이잖아.

때깔 좋게 차려입고 있어도 나는 혼자야.

외롭고 쓸쓸해!

나의 진정한 사랑은 어디 있는 go?

커플 꼬막: Stop! 궁시렁거리지 마!

커플도 외로운 건 마찬가지야!

있으면 싸우고, 돈 들고, 귀찮고, 없으면 외롭고, 아쉽고~.

데이트 한 번 하는 데 뭔 돈이 많이 든다니?

밥 먹어야지, 영화 봐야지, 팝콘은 왜 비싼 거야?

커피 마셔야지, 쇼핑해야지….

우린 개털 됐다! 너덜너덜~.

커플 게: 그러나 우리도 언젠가는 밥상 위에서 빈껍데기가 될 거야.

내일은 우리 운명이 어찌 될지 모르지만,

오늘만이라도 행복하게 살자.

날마다 행복하지 않은데…, 뭔 노후 준비?

노후 준비가 조금 늦더라도 난, 오늘만 집중하고 행복할 거야.

오늘 하루가 모여 1년이 되고 10년이 되고 평생 인생이 되는 걸~.

때깔 좋은 굴비: 나도 재래시장에서 행복한 집 식탁 위로 가고 싶어~.

　　　　룰루 랄라!

커플 다람쥐 : 산 속에서 야호~ 크게 소리 지르지 마세요!

　　　　우리 지금 달빛 아래서 해리와 샐리처럼 프러포즈 중이거든요?

때깔 좋은 굴비: 너희들도 프러포즈를?

　　　　한없이 너그러운 노란 달빛이 따스해 보여.

　　　　사람들은 자연의 소중함을 알고 사는 것일까?

　　　　돈 벌기 바쁘고, 스펙 쌓기 바쁘고,

　　　　학원 다니느라 스마트폰 보느라 하늘의 달과 별은 언제 쳐다보

　　　　고 있는지….

　　　　파꽃을 본 적은 있는 go?

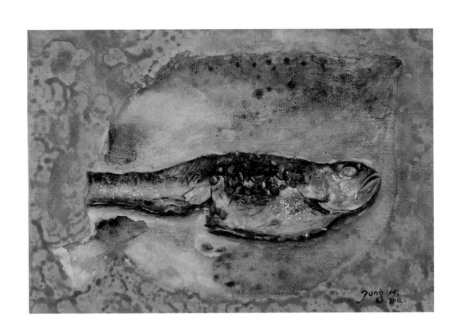

채반에 염장되어 하늬바람 쐬며

통통한 몸통 노란색 끈에 묶이고

인터넷 홈쇼핑에 카드로 굴비는 몸값을 치른다.

은빛 때깔 위에 화려한 양념으로 입혀져

바다 속에서 살던 물고기

밥상 위에 올라오기까지

굴비의 여정이다.

봄날

꽃향기보다

굴비가 맛있다는데

하얀 쌀밥 위에 굴비 한 점…

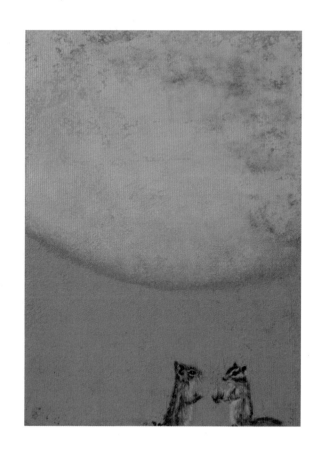

　'해리가 샐리를 만났을 때(When Harry Met Sally)'에서 오랜 친구 샐리에게 청혼하는 장면으로 영국 일간지가 뽑은 영화 속 로맨틱한 프러포즈 1위로 선정된 대사~.

"그럼 이건 어때?
이 71도인데도 춥다고 하는 당신을 사랑해.
샌드위치 주문하는 데도 한 시간 반이나 걸리는 당신을 사랑해.
날 볼 때마다 미간에 인상 쓰는 당신을 사랑해.

헤어진 내 옷에 배어 있는 향수의 주인인 당신을 사랑해.

잠들기 전까지 얘기하고 싶은 유일한 사람인 당신을 사랑해.

외로워서, 연말이라서 이러는 것도 아니야.

당신이 누군가와 남은 인생을 보낼 거라면 가능한 빠른 게 좋아서 온 거야."

커플 다람쥐:　　쓰레기는 제발 버리지 마시고

　　　　　　　술 마시고 고래고래 소리 지르지 마시고,

　　　　　　　급하면 오줌은 찍~ 싸도 되지만 조용히 산행만 해주시길

　　　　　　　바랍니다.

　　　　　　　우리 자연도 사람들에게 휴식의 '선물'을 주고 있잖아요?

　　　　　　　나에게 애인이 생겼어요!

　　　　　　　나도 이제 혼자가 아니에요.

커플 꼬막:　　그런데 너는 왜 꽃반지 끼고 고꾸라져 있니?

　　　　　　　밑에 초장이 있을 긴데….

꽃반지 끼고 번지점프 하는 낙지:

　　　　　　　금반지 대신 꽃반지 받고 프러포즈 받았거든?

커플 꼬막:　　꽃반지?

　　　　　　　우린 그런 것도 없었어!

꽃반지 끼고 번지점프 하는 낙지:

　　　개츠비의 첫사랑 데이지는 명품 의상에

　　　엄청 비싼 진주 목걸이와 보석으로 치장하고 다니지만,

　　　난 내가 진주 목걸이를 만들면 돼!

　　　손기술이 있거든?

　　　그리고 초장이라니!

　　　초장 대신 밑에서 사랑이 기나리고 있다고!

　　　결혼은 리얼리즘!

　　　낱낱이 속 다 보이는 오징어처럼 될지라도,

　　　나는 기꺼이 현실 속에 빠져 들련다.

　　　아아아아아아아아아아아~~~악! 철퍼덕!

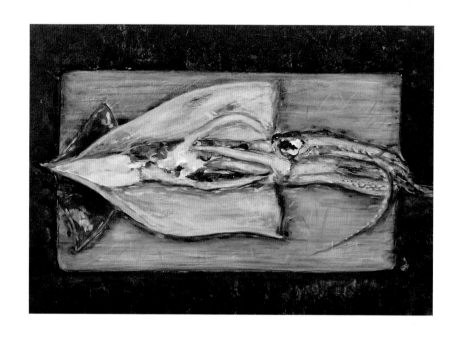

　명품 옷도 잘 어울리고 재래시장 꽃 가라, 몸뻬도 잘 어울리는 여자, 고급 레스토랑에서는 스테이크를, 백반 집에서는 양푼이 비빔밥도 푼수처럼 잘 비벼먹는 여자, 칵테일 바에서는 시크하게, 포장마차에서는 어묵을 혓바닥으로 날름거리며 먹는 여자, 샤넬 진주 목걸이도 잘 어울리고, 헐렁거리는 고무줄 팔찌도 잘 어울리는 여자, 불어인지 영어인지도 모르는 에스프레소 커피도, 길 다방 길거리 300원짜리 벤딩머신 커피도, 산속의 소나무 밑의 솔다방 커피도 종이컵에 우아하게 잘 마시는 여자, 백화점 마네킹에 위풍당당 걸려 있는 질감 좋은 스카프도, 매대에 쭈그려 자빠져 있는 5,000원짜리 스카프도 썩 잘 어울리는 여자, 일할 때는 카리스마 쩔게, 놀 때는 소주 원샷~하며 화끈하게 노는 여자, 나는 그런 여자가 좋더라!

I'm Gatsby!

나의 진정한 친구는 닉이야.

첫사랑을 다시 찾기 위해 얽힘과 설킴, 꼬였던 신흥 부르주아 나의 인생.

나는 수영장에서 억울하게 총에 맞았을 때 닉이 생각났어.

수백 명이 우리 집 파티에서 즐기고 놀았건만,

장례식장에서는 오직 닉 한 명뿐이었지.

마지막까지 옆에 있어 주는 것, 끝까지 나를 믿어 주는 것,

이것이 진정 사랑이고 우정이 아닐까….

The Great Gatsby라고 한 명이라도 말해 주는 닉이 있었으니,

나의 죽음은 헛되지 않으리….

닉: 개츠비 친구! 대가를 바라고 부탁을 들어 주는 게 아니야.

           단지 친구의 부탁을 들어 주는 것뿐!

커플 게: 우정은 자신이 손해 볼까 이리저리 계산하면 안 되지.

           계산기 저리 치워!

때깔 좋은 굴비: 그런데 말입니다.

           부부는 서로 잘하는 것, 있는 것, 재능을 사골 우려먹듯

           우려먹어야 하고,

           그렇지 않으면 돈 많은 남자를 만나든가, 인간성 좋은 남

           자를 만나든가,

           자상한 남자를 만나든가, 싱글로 살든가,

각자 사랑법과 행복지수, 라이프 스타일은 틀린 거지!

결혼해라~ 말라~, 하지 말란 말입니다.

우정과 사랑은 give & give,

부부는 give & take take take~~~!

부부는 지금도 비즈니스 중!

붉은 립스틱 바르고 맞선 보고 있는 꽁치 커플:

　　　이 세상에서 가장 가난한 사람은 사랑을 하지 않고 사는

　　　사람이래.

　　　가난하고 집 없는 사람은 결혼도 못 하나.

　　　가난할 때 가장 행복한 방법을 알고 있으니

　　　스와로브스키 촘촘히 박힌 냉장고 없으면 어떻고,

　　　좋은 가방 안 들면 어떻고, 삼수생이면 어떻고,

　　　자동차 없으면 어떻고, 잠시 몇 달 백수면 어떻고,

　　　옥탑방에 살면 어때서?

맞선은커녕 소개팅도 안 들어와서 저울질할 건더기도 없어서 오빠랑 결혼했다. 오빠는 국, 찌개 국물을 두 사발 이상 먹고, 나는 건더기 한 사발만 먹는다. 신당동 떡볶이 집에서도 오빠는 국물을 떠먹는다. 국물 남자와 건더기 여자가 만났다.

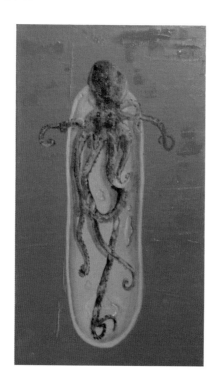

불편한 유리 구두 벗어 버리고 시장바구니 안에 꿈을 한 가득 넣고, 헐렁한 신발 신고 줌데렐라 Made in Korea 'Jung mi' 아줌씨는 씩씩하게 걸으며 마일리지로 조조영화 보러 간다! 후진 동네 살아도 후진 인생은 만들고 싶지 않다! 중학교 1학년 때 시험이 끝날 때면 하얀 교복 입고 쥐포를 질겅질경 씹고 걸어가며 영화관, 강당에서 영화를 자주 보았다. 그때나 지금이나 영화 한 편이 나를 행복하게 해준다. 스크린 안에 세상이 서서히 보였기 때문이다. 내가 스크린 속으로 덤블링 하며 들어가 무한 상상을 한다.

사랑은 습자지에 먹물 배이듯 싸하게~. 해피 바이러스 국물 남자 AB형과 긍정의 DNA를 갖고 있는 건더기 여자 A형은 결혼을 했더래요~.

오빠: 수저만 들고 오면 돼! 땅바닥에서 나랑 결혼하자!
Jung mi: 땅바닥에서? 진짜 맨땅에서 시작하는군!

나 오빠랑 결혼해! 이제 너에게는 오빠이고, 나에게는 남편이야!

나는 신촌에 있는 백화점 파견 사원으로, 친구는 반포에 있는 백화점 직영 사원으로 대학생이었던 오빠한테 용돈도 주고 옷도 잘 사주었던, 친구는 31살이었던 친오빠를 나에게 Pass했다.

결혼은 번지점프 하는 것보다 더 불안하고 무서울 수도 있다. 그러나 밑에서 기다리고 있는 '사랑'이 있기 때문에 결혼을 결심한다.

가난한 사람과 결혼해서 부자가 될 수도 있고, 부자와 결혼해서 가난해질 수도 있고 있다.
부자와 결혼해서 계속 부자로 살 수도 있고, 가난한 사람과 결혼해서 계속 가난하게 살 수도 있다. 랜덤으로 걸려도 사랑은 모든 게임에서 이기게 되어 있으니, 어쨌거나 Game over!

갈치 한 토막만 한 방이라도, 멸치 반찬으로 밥을 먹더라도, 몇 백 년이 아니고 몇 십 년 사는 것인데 멸치 또오옹~ 빠지게 열심히 살아 보자. 치열하게, 스피드하게, 에너지 넘치게 사는 방법을 서울에서 30년 동안 배웠다. 서울은 나에게 삭막하지 않았고, 코 오뚝한 여자가 많았고, 나의 성격과 잘 맞는 도시이고, 무엇이든 할 수 있는 힘을 주었다. 머피의 법칙이 아닌, 행복한 반전의 샐리의 법칙을 믿으며 언젠가는 욕조에서 편안하게 휴식하는 낙지 부인이 되어 있을 것이다. 사람은 자신이 내뱉은 말대로, 생각하는 대로 살아간다. 생각이 아닌 오직 실천과 좋은 인연만이 가능했다. 난, 이제부터 나의 운명을 바꿀 거야!

Please! Help Me! Sally Sally Sally! 아침에 3번만 샐리를 부르면 좋은 일이 일어난다. 내가 바라는 대로 될 거야! 왠지 오늘은 잘될 거야! 좋은 암시를 하면 좋은 일이 일어난다. 빌 게이츠는 '오늘은 왠지 좋은 일이 생길 것 같다!'라고 일어날 때마다 생각했다고 한다. 나도 매일 마음속으로 기도를 한다. 좋은 일이 없으면 내가 좋은 일을 만들면 된다고!

스웨터를 사려고 옷집을 싸돌아다니다 사오지 못한 채 집에 도착하니 택배로 온 스웨터가 있었다. 밤을 사려고 시장을 막 가려는데 밤을 갖고 와서 밤을 까기만 했다. 내가 바빴을 때 깻잎장과 김, 청국장도 선물로 받아 3가지로 3끼를 며칠 동안 먹었다. 요리할 시간이 줄어서 아주 중요한 일을 빨리 끝냈다…. 어머님이 사과와 배를 사오라고 하셨는데 이틀 후에 사과와 배가 택배로 왔다. 개인전 준비를 다 해놓고 몫돈이 없어서 홀딩(holding)하고 있는데, 갑자기 전혀 기대하지 돈이 들어와서 디자인 해놓은 팸플릿을 반나절 만에 만들었다.

항상 준비하고 있으니, 누군가 한 사람씩 해결사처럼 척척 해결해 주었다.

김장을 아삭아삭~ 너무 많이 집어먹어 귤이 먹고 싶었는데…, 택배 아저씨가 오렌지 한 상자를 어깨에 들고 오신다. 이젠 귤족이 아닌 오렌지족 됐다. 입을 만한 좋은 겨울 코트가 비싸서 오래된 코트를 수선하고 입으려 마음먹고 있었는데, 내가 좋아하는 회색, 질 좋은 모직 코트를 선물로 받았다.

나에게는 밍크는 어울리지 않아, 하면서 살았건만, 비싼 밍크 목도리를 작년에 선물로 받았다. 이 밍크 목도리를 두르고 어디를 가야 어울릴까. 럭셔리 케이크보다 뜯어 먹는 빵을 좋아하는 나, 뜯어 먹는 빵을 한 보따리 갖고 온다. 실버 귀걸이 한 짝을 잃어버렸는데, 얼마 후에 길거리에서 14K 목걸이를 주웠다.

마음이 심란하고 짜증나고 부정적이면 그 마음들이 우주에 감지되어 안 좋은 작은 일상들이 그대로 현실이 나타났다. 나의 경우는 그러했다.

내가 넘어지면 5분 일찍 집에서 나온 나의 탓이고, 돈을 잃어버리면 돈을 많이 갖고 나온 나의 탓이고, 붕어빵 개수가 한 개 덜 왔으면 그 자리에서 세지 않은 나의 탓이다. 가지 말아야 할 그 자리에 갔기 때문에 악연이 생기는 것이고, 누군가 나에게 서운하다면 서운하게 한 나의 탓이다.

신중하고 조심하게 살아가니 큰 탈은 없었던 것 같다. 신중하지 않고 조심

하지 않은 날에는 탈이 났다. 세상은 아무 문제없다. 나의 '마음'이 문제였다.
우연인지 샐리의 법칙인지, 어릴 적에 너무 가깝게 느꼈던 우주가 정말 가까
이 있어서 나의 마음을 읽고 있는 것인지… 이런 날들이 살아오면서 아주
많았다는 것. 에라잇~, 모르겠다! 선물은 받아서 좋고 줘도 좋다.
　핸드폰에 저장된 사람들이 보내준 고마운 선물이다.

　친구들과 주위 사람들은 난리 났다.
　오빠랑 그렇고 그런 사이였니?
　얌전한 고양이가 부뚜막에 먼저 올라간다더니!

세상에 믿을 연놈 없다더니! 얌전한 것이….

Jung mi: 언제 내가 얌전하다고 했어!

너희들이 그렇게 생각할 뿐이지, 흥~.

고양이도 부뚜막에 함부로 올라가면 안 되지만,

부뚜막에 올라간 것 가지고 몽둥이로 고양이를 후려치려고 하니,

고양이가 춥고 배고프니까 부뚜막에 올라가지.

사람도 사랑 고파 봐라.

개나 고양이도 사람들하고 한집에서 같이 사는 패밀리야.

아홉수 29살이 결혼한다는데

사랑에 빠진 젊은 남녀가 천자문을 외우겠어, 고스톱을 내리 치

겠어,

영어회화 공부를 하겠어?

사랑이 매일 밥 먹듯 밥그릇에 수북이 쌓인 밥풀때기처럼 자주

있는 줄 알아?

사랑이 우유에 콘플레이크 말아먹듯 쉽게 찾아오던?

살아가면서 단 한 명이라도 진실한 사랑을 해야 하는 것 아니야?

네가 오빠하고 사귀냐고 물어봤으면 얘기했을 텐데

안 물어봐서 얘기 안 했다. 나 구라 안 쳤다.

나의 작전이었고 오빠랑 파토나면 너 얼굴 보면 오빠 생각날 텐데….

19살이 결혼하면 놀랄 일이건만, 29살이 결혼한다고!

   친구는 다 알고 있어도 나를 위해 모른 척했던 것 같다.

친구:　　　역시 반전의 정미답다!

　나도 친구도 오빠도 전혀 생각지도 못한 '라이프 파트너'가 되었다. 단언컨 대…, 친구는 내 편이었고 고로…, 나는 지금 존재했다. 오빠를 안 지는 10 년이 넘었는데 연애한 기간은 겨우 몇 달만 하였으니, 서로 나이가 많아 후 다닥 결혼했다.

　오래된 친구는 그래서 좋은 것이다. 시름시름 현실에 앓고 나가 떨어져 있 어도 부담이나 예의를 갖추지 않고 비비크림도 안 바르고 맨 낯짝으로 붕어 빵 봉다리에 들고 아무 때나 찾아가도 안전한 친구가 항상 그 자리에 편안 하게 있으니…, 오랜 친구가 이젠 가족이 되었으니….

　갈치 한 토막만 한 오빠 방에서 신혼생활을 시작했고, 나는 작은 장롱과 TV, 그릇, 이불 등 간단하게 살림을 준비했다. 결혼식은 서울 어린이대공원 에서 대여료 2십만 원으로, 쭉쭉빵빵 여배우는 이리저리 패인 드레스 입고 레드 카펫을 밟고, 몽당 4B펜슬처럼 짜리몽땅한 나는 헬로겐 대신 햇빛 받 으며 그린 카펫 잔디에서 이리저리 다 꽉꽉~ 막힌 흰색 드레스 입고 결혼식 을 했다. 트릭 없이, 변수 없이 긍정의 정신력으로 완전 무장하며 고지식하 게 살련다. 여배우는 우아하게 트로피를 품안에~. 나는 따뜻한 심장 있는 남편을 품안에~.

　오빠의 친구들이 얼굴 빨개지며 많은 풍선을 불어 주었고, 피로연은 잔치 국수로. 대공원에 놀러온 사람들도 어화둥둥 지화자 좋다! 덩달아 같이 먹어

버려 수백 그릇이 싸그리~ 없어졌다. 그래서 잔치국수 아닌감? 지금 이 시간 다른 호텔 결혼식장에서는 쇠고기 질경질경 찢어 드셔요~, 잔디밭에 병풍 치고 폐백을 하고, 밤과 대추를 오도독 오도독 씹으며 1992년 '난 알아요'로 혜성같이 나타난 서태지와 아이들 글씨가 적혀 있는 핑크색 티셔츠를 입고 신혼여행을 갔다. 우정은 편안하게~, 결혼식은 저렴하게~, 인생은 풍요롭게~.

1992년 서태지와 아이들이 탄생한 그해에 우린 결혼했어요! 29살 후려쳐서 결혼 땡처리했습니다! 88 올림픽 때 2급 자동차 면허증 땄고요. 20대에 스펙이라곤 자동차 면허증밖에 없었어요! 인터넷에 나오는 어리버리 실수 투성이 김 여사가 저랍니다. 셀프디스 합니다! 그러나 난 알아요! 사랑의 힘이 강하다는 것을! 서태지와 아이들~ 이제 모두 결혼해서 서태지와 아저씨 됐네요~.

'건축학개론'에서 재수생 납뜩이가 말하는 영화 속 대사들이다.

납뜩이: 납뜩이 안 되네! 대학생이 연애를 하자고 대학생활 하는 거지!
         재수하는 것도 서러워 죽겠는데 내가 공부까지 열심히 하냐?
         애인 생겼냐? 남자는 뒷모습이 컨셉이야!
         손목 때리기는 아무나 하는 게 아니잖아?
         키스는 비벼! 막 비벼~. 첫사랑이 원래 잘 안돼서라고 첫사랑이다!
         잘되면 그게 뭐~ 첫사랑이니? 마지막 사랑이지!

Jung mi: 납뜩이 웁빠~, 우리는 손목 때리기, 이마 때리기,

아구창 때리기 안 하고 묵찌빠~ 했고요!

땅바닥에서 기습키스 갑자기 들입다~ 들이대서 막 비볐는지

생각은 잘 안 나고요. 우린 맨땅을 좋아했나 봐요!

결혼해도 항상 맨땅이야~~~!

Jung mi: 오빠~, 길바닥에서 이게 무슨 짓이래? 사람들 다 보고 있잖아!

　로베르 두아노의 작가 작품 '시청 앞에서의 키스가 아닌, 수원의 허름하고
널널한 공원에서 오빠는 냅름~ 나에게 들이댔다.

4B 드로잉

밝은 동네 명동에서 8년 동안 회사를 다녔던 나는 오빠랑 명동에서 걸어서 을지로, 종로, 광화문, 삼청동을 쓰윽~ 지나서 삼청공원에서 데이트를 했다. 오빠는 여러 번 연애에 실패해 결국 다음 여자를 찾지 못했고, 나는 한 번에 성공했다.

중앙우체국으로 헐레벌떡 뛰어가며 혓바닥으로 우표에 침 발라 편지를 보내며 우표 30장 주세요! 작은 선물을 사기 위해 명동 전체를 다 뒤지며 다녔던 해질 무렵의 명동성당…. 파고다 공원, 장충단 공원에서 만나 신당동 떡볶이를 자주 먹으러 갔던…. 산에 올라갈 때 손을 잡아 주던 그 상큼한 오빠는 온데간데없어지고…, 아침에 일어나 보니 옆에 늘어지게 잠자고 있는 거무튀튀한 하마가 있을 뿐이다. 뽀얀 얼굴은 없고, 배는 출렁거리고, 앞머리는 미끄덩, 염색약은 귀짝에 묻히고, 드르렁거리며 잠자는 50살을 훌쩍 넘긴 아저씨다. 아, 놔! 다리 한 짝 저리 치우지 못해! 나 밥해야 돼!

"나는 단지 이 작은 세계에 관한 추억을 남기고 싶었을 뿐이다."라는 말을 남긴 로베르 두아노. 그는 진정 사진을 통해 사람들이 행복한 꿈을 꿀 수 있도록 만들어 주는 마법사 같은 사진 작가였다.

납뜩이 옵빠! 결혼 20년 후에 고백하더이다, 동생 친구한테 들이댈까 말까 4시간 동안 고민하다가 쭈쭈바 먹으며 공원에서 끌고 다녔다고. 우쭈쭈~. 응큼한~ 오빠는 아니어서, 오빠 믿지? 이런 말은 한 번도 안 했고요. 앙큼한~ 나는 그 다음에는? 시원한 식혜가 갑자기 생각났어요. 저는 첫사랑이 마지막 사랑이 됐거든요? 나에게 애인이 생겼어요~~! 우린 결혼했어요!

밥알 동동

고향의 향수를 발효시킨

시원한 식혜 한 잔

어머니의 정성이 밥알만큼 가득하다.

납뜩이 옵빠! 1명을 사귀든 10명을 사귀든, 누구에게든 처음남자, 처음여자 새로운 첫사랑 아니겠어요? 연애 많이 해서 결혼하는 것도 좋지요! 인생은 자신이 선택하는 것으로 운명이 되지요~. 그 사람이 인생의 귀한 '선물'이 될지 웬수가 될지는…, 나도 미래는 모르겠어요.

"우리 모두는 누군가의 첫사랑이었다."

Jung mi: 납뜩이 옵빠~, 그런데 재수해서 원하는 대학은 갔수?
　　　　　4년 동안 공부 열심히 해서 졸업장 받아오세요!
　　　　　나는 앞으로 고개 끄덕이며 '납뜩'이 가도록
　　　　　그림과 함께 40년 동안 인생을 풍요롭게 살 거예요~.

싸이가 '강남 스타일'로 기분은 미친 듯이 예술이래요!
나는 울트라 뿅~,
긍정적인 스타일로 미친 듯이 살아가는 것을 예술로 만들래요~.

오빠랑 오해가 생겨 전혀 만나지 않았던 1년 6개월이 나의 인생 중에 가장 사랑한 날이었다. 만나지 않아도 사랑을 하는구나…. 보이지 않는 곳에서도 사랑해 주는 것…, 이게 사랑이구나…. 안 보일수록 더욱 또렷했으니…, 친구 결혼식장에서 오빠를 보았다. 맞선 보러 오는 사람처럼 오빠도 나도 정장을 입었다. 양복 입은 모습을 처음 본 오빠는 남자가 되어 있었다.

(동생을 먼저 시집보내는군! 오빠 나랑 결혼 안 하면 평생 후회할 것이다.

기회는 자주 오는 것이 아니다. 오래된 가구는 갈아 치우고 다시 사면 되지만, 그 사람이 없는 빈자리는 없어봐야 알게 될 거야. 옆에 있을 때 잘해라, 이리저리 간 많이 보지 말고. 마음 떠나면 이미 늦었다.)

오빠(으으~, 불문과 여자랑 띄엄띄엄 지내고 있는데…, 저 멸치만 한 것이 저녁 늦게 라면을 끓여 줄까? 우리 대가족 식구랑 잘 지낼까? 쟤가 생긴 것은 저렴하게 생겨도 나의 두뇌로 인생 운전만 잘해 주면 무엇인가 해낼 것 같은데…. 저 쬐끄만 지지배…, 물로 보면 안 될 것 같은 아우라야, 음….)

"사랑은 아주 대담하게 하면서도, 동시에 항상 거리를 두어야 하는 어떤 것이다. 공간적 거리를 말하는 것이 아니라 다른 사람에게 품위를 유지할 수 있도록 허용하는 거리, 사랑은 언제나 이러한 숭고한 거리 안에서만 상상할 수 있다. 그것은 한 사람의 다른 사람에 대한 존경심이자 동시에 엄격함이기도 하다." (페터 한트케)

나에게 두 번은 없다. 더 좋은 남자, 더 좋은 직장, 더 좋은 친구는 앞으로 없을지도 모른다. 갖고 있는 것에 만족하고, 내가 좋은 사람이 못 되면서 좋은 사람만 만나려고 하는 것은 나의 욕심이다. 두 번의 똑같은 사람은 없다. 지금 만나고 있는 사람들이 나의 삶에 마지막 인연일지도 모른다. 『선물』 그림책도 똑같은 책은 없다.

아~, 이거 사랑인가? 가끔 생각나면 like? 하루 종일 생각나면 love? 사랑은 교통사고처럼 느닷없이 온다는데 나의 심장이 꽝~, 영화나 책에서만 만났던 사랑, 나는 사랑에 서툴렀고 이리저리 잔머리를 굴리지 못해 나의 성격대로 버티기 작전으로 기다렸다. 아쉬운 사람이 지는 것이었다. 오빠는 결혼이 고픈 건지 배가 고픈 건지, 동생을 결혼시키고 어느 날 대뜸 전화를 했다.

　오빠: 나야!

　18살 때 내가 처음 만난 그날처럼 처음 만나는 타인을 무장 해제시키는 환한 미소였다. 미소는 포옹보다 악수보다 먼저라더니, 내가 오빠한테 첫 번째로 배운 것은 미소였다. 잠시 같이 있어도 무지 편안하고 기분 좋은데, 수십만 시간 같이 있다면…. 나도 누군가에게 이렇게 편안한 사람이 되어 주어야겠다.

　도대체…, 저 웃음의 정체가 뭐야? 누구한테나 그런 건지…, 나한테만 웃는 것인지…. 왜 항상 실실 쪼개고 있는 거지? 헷갈리게. 하긴…, 인생도 헷갈리지…, 헷갈려도 할 일을 해야지… 다른 건 몰라도 사랑 표현은 확실히 했으면 좋겠다. 뱀 똬리 풀었다 놨다 뱀이 숫자놀이 하듯 0부터 9까지 슬금슬금 돌리지 말고 싫으면 싫다고! 내가 정확히 알아야 포기하든가, 굿바이 싱글이여 하고~ 다른 남자한테 입 헤~ 벌리고 마스카라 바르고 갈 것 아니야? 된장찌개는 간을 봐야지만…, 내가 계륵인감? 실패나, 거절이나, 디스나, 실연이나 실망하지 않는다고! 원래 무엇이든 기대하지 않고 살고 있고, 공돈조차도 꿈에서도 기대하지 않아!

오빠는 맞은편에 나를 앉혀 놓고 커피를 야금야금 마시며 설레발 떠는 말투로 갑자기 사랑한다는 말도 없이 아주 현실적인 막가파 식 프러포즈를 한다.

송편 반죽위에 마스카라한 꽃뱀

Jung mi: 오빠 여자친구 자질구레한 얘기하러 온 것이 아니라, 지금 나한 테 프러포즈하는 거야?

직장 구하느라 취업 시험 공부하느라 연락 못 했다고, 자기 방에서 같이 살면 안 되겠냐고… 시할머님, 시부모님, 시동생, 그리고 30년 동안 왕십리에서 하고 있는 한식당 일을 도와주어야 한다고 한다. 알다시피 화장실 부엌도 마당에 있고, 매년 김장도 수백 포기 해야 한단다. 맏며느리이니 너무 고생스럽고 힘들겠지만, 그러나………, 날.마.다.나.를.웃.게.해.주.겠.다.고.한.다.

　붉적붉적 여러 가지 미안한 표정이 보였지만, 언제부터인가 나도 오빠를 사랑하고 있었다. 오빠 여자친구가 있는 것 같아서 나대지 않고 세상의 인연과 순리대로 하면 하는 것이고 아니면 아닌 것으로 생각했기 때문이다. 나의 관찰력으로는 거짓 없이 담백했다.

　사랑하고 결혼할 타이밍이 찾아온 것 같았다. 그래서 사랑은 서두를 필요가 없다. 확신이 생기면 추진력만 남았다. 우리 집은 결혼 안 할 것 같은 노처녀가 결혼한다고 하니 좋아하는 것 같다. 그것도 생판 모르는 낯선 사람이 아닌, 딸 친구 오빠이니 안심한 듯하다.

Jung mi:　　결혼하면 저렴한 나를 있어 보이게 만들어 봐!

　　　　　　인생은 한 마디로 '욱~'이 아니고 '핫~'이야!

친구:　　　　우리 집에 왜 왔니 왜 왔니!

Jung mi:　　밥 먹으러 왔단다 왔단다!

친구:　　　　우리 집에 왜 왔니 왜 왔니!

Jung mi:　　오빠야! 보러 왔단다 왔단다!

친구:　　　　우리 집에 왜 왔니 왜 왔니!

Jung mi: 너 나가! 네 집이 내 집 됐다.

친구는 명절 때 선물 보따리 들고 오는 시누이가 되어 찾아왔다.

친구: 엄마! 나 왔어!
Jung mi: 어머님! 저 왔어요!

　 추운 겨울 오래도록 시골의 눈밭을 헤매다가, 주위에 좋은 집은 없더라도 작은 비닐하우스로 들어가 추위를 녹이는 그 순간이다. 프러포즈가…, 이제 조금씩 따뜻해지려 하는구나….

〈나의 친구 시누이에게〉

생각나니?
햇살 좋은 어느 날
어머님 휠체어 앉으시고
마당에서 너랑 나랑 목욕시켜 드린 날,
너는 친정엄마의 때를 밀어드리고
나는 시어머니께 따뜻한 물을 어깨에 얹은 날….

Jung mi: 우리는 며느리한테 대접 못 받을 텐데,
              나 늙고 병들면 누가 목욕시켜 주려나….

시누이:　야~, 걱정 마! 내가 밥해 주고 목욕시켜 줄게!

Jung mi:　리얼리? 너 열무김치랑 얼갈이김치 맛있게 만들더라.
　　　　　김치 한 가지로 밥 한 그릇 쉽게 넘어가더라.

　18살 때 교실에서 처음 만나 단발머리에 교복 입고 역삼동에 있는 중앙 도서관, 남산 도서관, 정독 도서관에서 시험공부하며 수학이랑 다른 과목 잘 가르쳐 줬는데…. 나는 잘하는 과목이 없어서 알려줄 건더기가 없어서 미안했어, 음냐 음냐…. 나한테 웃으면서 항상 시험 잘 보라고 했던 네 얼굴이 포근하게 떠오른다. 명동에서 처음으로 피자도 사먹어 보고, KFC 치킨도 먹고, 을지로 입구 바이더웨이 편의점에서 껌 사먹고, 이태원 나이트클럽에서 주스 주문하며 멀뚱거리던 생각도 나는구나. 헤롱 헤롱~. 나는 공부를 해도 안 해도 성적이 그냥 그렇구나, 쩝쩝….

　10대 20대 30대 40대 좋은 추억을 만들어 줘서 고마워. 오빠랑 결혼한다고 말했을 때 기쁘게 축하해 줘서 고마워. 이~ 싸가지 있는 친구야. 결혼해서 만날 때마다 맛있는 음식 만들어 줘서 고마워. 꼬르륵 꼬르륵. 30년 넘게 나한테 착하게 잘해 줘서 고마워. 친구 숫자 억지로 만드느니 너에게로부터 안정과 위안 휴식을 받는다. 엄마 걱정 하지 말고 내가 오빠랑 어머님이랑 편히 지내도록 할게.

　그림 그리느라 팔 아픈 나에게 이제는 어머님이 나에게 밥상도 차려 주시고, 설거지도 안 시키시고 봉다리 믹스 커피도 타주신다. 네 시부모님 8년째 모시고 살고, 시어머님 요양원에 5년 넘게 계시는데,

단 한 주도 거르지 않고 음식과 병문안을 가는 것 보고 네가 대단하다. 요양병원에 너랑 같이 가던 날, 캔디 통에 열무김치랑 과일이랑 바리바리 싸가지고 시어머님께 숟가락으로 밥이랑 고깃국이며 바나나, 감, 우유 먹이는 것 보고 다리는 걷지 못하시지만 환하게 마지막 밥 한 숟가락도 아~, 하고 드시던 웃고 계시는 네 시어머님의 얼굴이 가끔씩 떠오른다.

친구야, 김밥 먹어, 아~~.

시누이: 어머님! 다음 주 일요일 날 또 올게요!

사람들은 나보고 대단하다고 하는데 나는 너 생각하면 대단하다는 생각이 안 든다. 그림을 잘 그리는 기술보다 네가 어른들께 잘하는 것이 살아 있는 휴먼 예술이다. 이제 나는 늙는 것이 두렵지 않다. 반찬 해주고 목욕시켜 주는 친구 겸용 시누이가 있으니, 너 같은 친구가 있어서 내 인생이 쓸쓸하지 않구나. 이제는 그림 한 점 덜 그리고 어머님이랑 치킨 뜯어 먹으며 드라마 봐야겠다. 고흐가 이런 말을 했어. "나는 사람들을 사랑하는 것보다 더 좋은 예술은 없다고 생각한다(I feel that there is nothing more truly artistic than to love people.)."

밥 먹으러 간 친구 집에 내가 맏며느리로 들어가 이젠 4대가 함께 살아야 한다. 나만 Go! 하면 다 해결되는 일이었고 내가 Stop! 하면 오빠는 다시 연애를 실패하고, 다른 여자를 또 만나야 했다. 나에게는 오빠가 첫사랑이었고, 오빠는 불문과, 물리과, 간호사, 부잣집 여자, 몇 명 띄엄띄엄 만나다가 그 여자들 뒷담화도 내가 다 들으며 몇 년간 오빠 동생 하고 지내다가, 이런 반전의 시추에이션?

29살에 난생 처음 프러포즈를 받아 결혼을 하게 되었다. 나에게 프러포즈한 남자한테 잘해 주고 싶었다. 아무 경쟁 없이 오빠가 당첨됐다. 오빠 말년은 나 때문에 행복하게 될 것이야! 저렴한 나를 선택했으니, 내가 보답하는 것이 의리 아닌가? 자기는 식탐이라 밤 12시에 라면을 끓여 달라고 하면 내가 끓여 줄 것 같고 내가 대가족하고 잘 지낼 것 같았다고, 같이 살면 화목할 것 같다고.

다른 여자 만나면서 내 낯짝이 커피 잔 속에 동치미 무처럼 동동 떠 있었다고 한다. 그래서 나랑 결혼을 결심했다고….

오빠: 나 동생 친구랑 결혼한다.

오빠 여자친구: 뭬야!

깔끔하게 물러섰고 서로 연락을 끊고 프랑스로 유학을 갔단다.

오빠: 꿀릴 짓 안 했다.

Jung mi: 왜? 그 여자들이 라면 끓여 주기 싫대?

나는 라면 그림도 그릴 수 있다고 전해 줘!

그리고 이제부터 내 인생 부탁해!

그 대신 오빠가 할 수 없는 일은 내가 해줄 테니!

give & take! 다른 여자들 빗자루로 먼지 안 나게 잘 쓸고 와라!

남녀는 처음보다 끝이 좋아야지!

나를 진심으로 행복하게 해주는 사람이 주위에 누가 있는가….

할머니가 주워온 책을 골방에서 항상 읽고, 할머니가 끌어 주는 유모차를 타고 사는 장애인 여자 주인공 조제는 학교는 못 가지만, 대학생 츠네오보다 더 많은 것을 알고 있다. 츠네오는 평범한 대학생이다. 우연히 유모차가 길에 멈추면서 조제 집으로 가게 되고, 요리와 책을 좋아하는 조제와 작은 사랑이 시작되어 같이 살게 된다. 부모님한테 인사시키기 위해 바닷가에서 츠네오는 조제의 몸이 무거운 것이 아니라, 마음과 사랑이 무거웠을 것이다.

츠네오:　　이별의 이유는 여러 가지였지만…, 아니 사실은 단 한 가지,
　　　　　내가 도망친 거야.

조제는 소아마비였지만 사랑에 담담했고 떠나 버린 츠네오에게 자유를 준다.

츠네오의 복지학과 여자친구:　　니가 뭔데 내 남자를!

조제:　　내 무기가 부러우면 두 다리를 잘라 버려!

츠네오의 여자친구는 조제에게 따귀를 때리고, 그녀도 머리를 숙여서 조제에게 뺨을 대준다. 나도 때려 달라고….

외모도, 다리도, 집도 없는 생활보호 대상자인 장애인 조제에게는 그녀보다 훨씬 더 특별한 무엇인가가 있었다. 츠오네가 언제 떠날지 모르지만 그가 옆에 있는 동안은 행복했고 욕.심.없.이.곁.에.있.는.잠.시.동안.은.사랑.했.다.

사랑도 너무 욕심을 부리면 그 욕심만큼 상처 받아, 조제는 옆에 있는 동안만 잠시라도 사랑했다는군…. 자기 '자리'를 잘 알고 있으니, 오늘은 슬퍼도 내일은 기쁨이 기다린다.

출근하는 츠네오에게 이별선물이야 하며 책을 건네준 조제. 츠네오는 퇴근해서 집으로 아주 돌아오지 않는다. 츠네오는 울었지만 조제는 울지 않는다. 조제는 매일매일 이별 연습을 많이 했을 것이다.

영화의 마지막 장면은, 조제는 살기 위해 생선을 구워 일상처럼 식사를 여유롭게 한다.

조제: 나는 그다지 외롭지 않아, 애초부터 아무것도 없었으니까.
        단지 아주 천천히 시간이 흘러갈 뿐….

        몇 개월 동안 백수였던 친구가 첫 월급 타고
        횟집에서 한 턱 쏜다고 쪼르르 갔더니 구워져 있는 생선이 나와서
        친구의 첫 월급 기념으로 그렸던 생선구이

Jung mi: 어이! 화백(화려한 백수) 친구! 너무 화려하게 차려 입은 것 아니야?

친구: 직장도 없어서 꿀꿀한데, 나 자신한테는 꿀리지 말자 해서 화려하
        게 입었어!

Jung mi: 잠시 백수도 괜찮아! 빵빵하게 충전하고 다음에는 치열하게 일할
           준비 하라고!
           자신이 젊은 나이라고 생각되면 무슨 일이든 해야 해!
           나도 잠시 백수였을 때는 하루 종일 영화 보고 좋더라.
           잠시 돈 없으면 어떠냐, 자신을 존중하며 살자고!

Jung mi: 아무리 내가 좋아해도 나 싫다는 사람 안 잡는다.
오빠: 내가 끝까지 연락 안 하면 어떻게 하려고 했는데?

Jung mi: 연락 안 오면 끝나는 걸로~.

사랑을 혼자서 하나, 둘이 하는 거지! 커플 꽁치처럼….

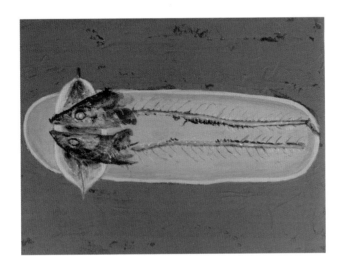

1 Box에 60마리 들어 있는 꽁치를 조림 하고 구워먹고 친구들한테 나눠
주고 바늘로 꽁치의 뼈가 몇 개인지, 눈동자 색깔은 무슨 색인지 하루 종일
관찰했던 그날, 호야 잎을 베개로 누워 마지막까지 사랑하는 꽁치 커플…

Jung mi: 오빠야! 나중에라도 이 사람이다 싶으면 어떠한 일이 있어도 꼭~
잡으라고,
더 좋은 사람 만나기 쉽지 않을 걸.
다른 안목은 없어도 사람 보는 안목은 있어야지.
물건은 반품할 수 있고 아무 곳에서나 살 수 있지만,
사랑과 우정, 인재는 아무 데서나 호떡처럼 쉽게 구할 수 있는 것

이 아니라고,

1명이 여러 명을 먹여 살릴 인재를,

더군다나 성격 맞는 사람을 찾는다는 것은 큰 행운이야!

부부든, 친구든, 일하는 파트너든!

 나는 키가 작아서 초등학교 때부터 계속 앞자리만 앉았다. 고등학교 때도 키 순서대로 앉았는데, 맨 앞자리에 앉기 싫어서 계란만 한 돌멩이를 신발 속에 넣어 중간 번호로 자리에 앉게 되면서, 맨 뒤에 앉아 있는 키 큰 친구와 친하게 되었다. 어릴 적에 돌멩이를 모아 공기놀이했던 그 돌멩이가 커져서 오빠를 만나게 되었던 것 같다. 오빠는 키가 너무 커서 맨 앞자리에 앉았으면 했단다. 맨 끝자리에서 외로운 섬 같았다고⋯. 누군가 전학 가면 혼자 덩그러니 빈 의자와 커플로⋯.

친구: 우리 집 식당하거든, 밥 먹으러 가자!

18살 때 교복을 입고 키 큰 친구 집에 처음으로 놀러 가게 되었는데, 친구 오빠의 기다란 기럭지가 방바닥에 길게 있었다. 기럭지가 낙지 같아…, 나는 주꾸미…. 키가 갈치 같아…, 나는 굴비, 멸치.

Jung mi: 너희 집은 기럭지가 다들 길구나.

친구: 우리 부모님이 오빠 낳았을 때 황새처럼 길어서 기형아인 줄 알았대!
Jung mi: 나는 오리처럼 다리가 짧아서…, 네 오빠 따라가려면
          에어(air) 들어간 나이키 신발 신고 붕붕~ 날아가야 할 것 같아.

나이키 신은 오리:　짧은 다리라 우울한 공기 마시지 마.

　　　　　　　　다리 길이보다 중요한 것은 꿈의 길이야.

　　　　　　　　새우잠을 자더라도 고래 꿈을 꾸라고!

　처음부터 오빠를 좋아하지는 않았고 오빠는 여자친구가 있었고 기럭지도 눈에 먼저 들어오지 않았었다. 오빠의 심장을 뚫어져라 관찰하니 첫인상의 아우라는 양심적이고 따뜻하게 보였다. 그때의 첫인상은 30년 이상 그대로다. 처음부터 서로 없다고 했으니 속일 일도 속을 일도 있는 척도 할 수 없었다. 세상 사람들은 모두 자기편에서 진실하다고 말한다. 나는 보이지 않는 진실보다 그때나 지금이나 내 눈으로 볼 수 있는 '믿음'을 더 좋아한다. 오빠는 사탕발림 안 하고 뻥~ 안 치고 그대로 보이는 믿음을 줬다.

Jung mi:　나이키 신은 오리야!

　　　　　내가 30년 전 고딩 때 교복 자율화 생기고 우리반 57명 중에

　　　　　나이키 신은 친구가 딱 한 명 있었지!

　　　　　흰색에 빨강색 로고, 붉은 초승달 같았어.

　　　　　그때 나이키 신발은 없었지만

　　　　　화가가 되었으니 나이키 신발을 그리면 되지 뭐~.

나이키 신은 오리: 고래는 어항 속에서 살 수 없잖아!

　　　　　　　　나이키 신은 사람은 어떤 꿈을 신고 다니는 걸까?

　　　　　　　　비싼 신발일까, 꿈 높은 희망일까…? 붕~붕~.

Jung mi: 난 어릴 적에 소심하고
찌질이였어.
학교 공책에 '참 잘했습
니다' 도장을 받은 적도
없었지….
바퀴벌레도 무섭고, 지
렁이도 무섭고, 그네 타
는 것도 무서웠지.
이제는 바퀴벌레도 잡
고, 지렁이도 예쁘고,
그네 대신 바이킹도 탔
단다.

나이키 신은 오라: 클레세! 바퀴벌레
참 잘 잡았습니다.
꿈꾸지 않으면 아무것도
이룰 수 없고
죽기 직전에 못 먹는 밥
이 생각날까,
못 이룬 꿈이 생각날까?
Just do it now!

죽도 아니고 밥도 아니고, Yes도 아니고 No도 아니고,
실패도 아니고 성공도 아니고, 사랑도 아니고 우정도 아니고,
무슨 일이든 정확하게 해야 더 오래 가고 끝도 좋은 것 같다.
그래서 나는 세모보다 동그라미랑 X를 좋아한다.

동그라미 네모 세모 X 세상을 빤히, 자반고등어를 들여다보고 있는 백설이

오빠의 첫 인상은 샤프한 테리우스가 아닌 훈남 알버트였다. 1970년대 내가 중학교 때 광풍처럼 히트 쳤던 『캔디』 만화책. 시험 기간 중에도 교과서 밑에 숨겨 놓고 보았던 『캔디』~.

괴로워도 슬퍼도 나는 안 울어~,
참고, 참고 또 참지 울긴 왜 울어.

캔디야!
괴로워도 슬퍼도 남자 많은데 울긴 왜 울어. 많은 여자들은 잘생긴 안소니, 멋진 간지남 테리우스에 열광했지만, 나는 훈남이 좋아. 일단 인생 안전하게 먹고 들어가거든. 고스톱 7장에 조커가 3장 들어간 느낌…. 난로처럼 훈훈하잖아.

입이 작은 사람은 인상학적으로 근육이 안쪽으로 강화돼 내성적이라고 한다. 나도 입이 작은 편이고 막장 드라마처럼 시누이 머리카락 휘어잡고 삿대질하고 이리저리 고자질하고 싸대기 때리는 편이 아니라, 성격은 세밀하게 내성적인 편이다. 무엇이든 내가 할 수 있는 일만 하고, 내가 못 하는 것은 아예 안 하거나 할 수 없는 일은 거절하는 편이다. 또 둔하기도 하고 실수도 많이 하는 편이다.

20년 동안 화장을 해주다 보니 처음 만나는 사람을 볼 때 가장 먼저 보는 것이 얼굴형, 그 다음이 눈썹 코 이마다. 눈썹은 길운을 가져오는 그 사람의 인상을 70% 좌우하는 매우 중요한 곳이다. 눈 화장은 밝은 샤도우로 산뜻

하고 깔끔하게 해줘야 보는 사람이 기분이 좋아진다. 눈썹은 집안의 지붕이라고 한다. 눈썹만 잘 그려도 얼굴 전체 이미지가 단정해 보인다. 눈썹은 이마, 눈, 인당, 전택, 눈매, 코까지 영향을 미치는 곳이기 때문이다.

코는 얼굴 좌우 중심을 잡아 주는 인상이기 때문에, 노우즈 화장과 콧대와 다크 서클에 하이라이트와 볼터치를 해주고 각진 턱 부분을 쉐딩 해주면, 얼굴이 동안으로 보이고 눈썹과 함께 이미지가 돋보인다. 행복한 표정이 복을 부른다고, 화장은 자신의 나이보다 5살 더 젊게 보이게 해야 한다.

나이 드는 것도 서러운데 조화롭지 않은 색깔로 얼굴을 칠해 버려 실제 나이보다 5살 더 들어 보이는 사람도 아주 많다. 200칼라 넘는 물감을 사용하고 있는데, 캔버스 안에는 50칼라 이상 색감을 넣어도 되지만 얼굴은 자신에게 어울리는 최소의 칼라로 대칭 균형, 편안함, 좋은 인상, 밝은 표정으로 만들어야 한다. 캔버스는 평면이고 움직이지 않지만, 물감으로 입체적으로 그려야 한다.

사람 얼굴은 자주 움직이고 입체적이다. 음식은 자신이 좋아하는 것을 먹고, 화장은 남 보기에 기분 좋게 해야 한다. 세상에 거울이 없다면 자신의 얼굴을 볼 수 없는 사람은 오직 '자신'뿐이기 때문이다.

연예인, 예쁜 친구, 뒷집 언니, 건너편 슈퍼 아줌마의 작은 얼굴 부러워하지 말자. 남의 얼굴은 남의 인생일 뿐이다. 자기 얼굴에 신경 쓰고 화장을 배우고 가꾸면서 자신감을 가져야 한다. 여자의 얼굴에는 자존심, 성격, 이미지, 라이프 스타일이 들어 있기 때문이다. 예쁜 여자가 모두 잘살고 성공하면 아마도 모두 성형을 하지 않을까? 예쁘고 인상도 좋으면 좋겠지만, 대부분 그렇지 못하다.

강한 화장은 카리스마 있게 보이지만, 모든 사람들을 일 때문에 만나는 것은 아니기 때문에(T: Time P: Place O: Occasion) 시간, 장소, 경우에 따라서 화장을 해주어야 한다. 웃는 얼굴이 인생을 평온하게 살아가는 것 같다. 미소가 곁들인 화장은 자신의 이미지를 나타내는 하나의 '옷'과 같고, 싱글은 자신을 돋보이기 위해, 아줌마나 커리어 우먼은 자신의 약점(기미. 주근깨, 다크 서클)을 감추기 위해, 20대는 피부로 화장을 하고, 중년은 이래저래 저물어가는 피부를 분위기로 커버하는 화장을 해야 한다.

첫 인상은 타인에게 오랫동안 기억되기 때문에 중요하다. 피부에 윤기가 좋다면 화장품을 최소화해서 단점만 감추고 자연미를 살려야 한다. 사주팔자보다는 인상이 중요하고, 인상보다는 날마다 밝게 웃는 얼굴이 최고의 화장품이라고 생각한다. 화장품을 많이 사고 바르는 것 보다 화장術이 더욱 중요하다. 첫 인상은 인간관계의 출발점, 생판 모르는 사람이 오랜 인연, 평생 부부가 되기도 한다. 의사는 매스로, 화가는 붓으로, 작가는 펜으로, 사진작가는 사진기로, 나는 브러시로!

기분이 안 좋은 것, 슬픈 것, 짜증나는 것은 온전히 개인적인 일이다. 집안에서 좋지 않은 회사 일로 다른 사람들한테 화풀이하며 살지 말아야겠다. 얼굴에, 화장에, 표정에 성격이, 사는 모습이 그대로 보이기 때문이다.

오빠는 30년 전 내 첫 인상을 어렴풋하게 기억하고 있다고 한다. 입 다물고 있는 조기만 한 것이 서서히 입을 열게 했더니, 반전의 성격이 재미있었다고 한다. 못 먹는 감 찌른 것이 아니라, 오래 침묵하고 있는 나의 입을 열게 만든 사람은 오빠였다. 한 마디로 말이 통했던 것이다.

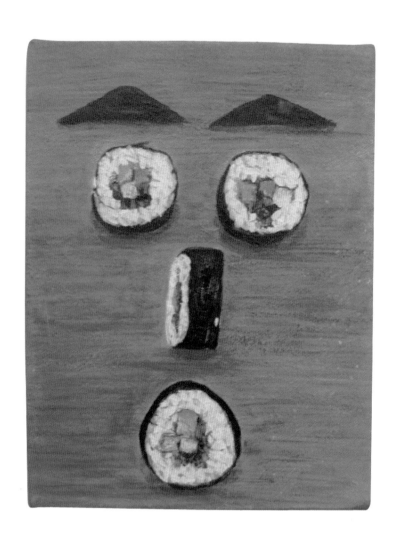

오빠: 성격은 고쳐지거나 성형할 수 없다!
        평생 그 성격대로 가는 거야!

왠지 이 오빠가 내 인생에 무.엇.이.든.해.결.해.줄.것.같.은.마.법.사.같.았.다.

남편은 현장 노가다를 1년 동안 했고, 손재주가 있는 것
도 아이큐가 높은 것도, 컴퓨터를 아주 잘하는 것도 모르
고 결혼했다. 그런데 집안의 모든 수리와 작업실 인테리어,
나의 그림 액자까지 척척 만들어 줬다. 당신은 가끔씩 전기
수리공, 하수도 고치는 배관공, 기계 수리공, 가끔씩은 심리
학자. 매년 회충약 먹으라는 잔소리꾼, 가족들 심리 치유사,
경청자, 정리자, 나의 친구들과 밥 먹는 데 참여하고 싶어
하는 사람, 창의적인 사람, 가끔은 요리사, 귀금속 국가자격
증 소지자, 여자보다 나무를 더 사랑하는 남자였다.

현금 보너스는 못 받아도 살아가면서 이런 손재주 있는
보너스도 있어 줘야….

남편이 첫 번째로 만든 바퀴 달린 나무의자에 그린 거위
그림이다.

나의 친구들은 주말이면 남편을 몇 시간씩 협찬해 간다.
컴퓨터 고쳐 주고, 화장실 세면대 고쳐 주고, 전기톱으로 나무 잘라 주고,
창틀 실리콘 박아 주고, 부엌 수도꼭지 고쳐 주고…, 남편은 기다란 '롱다리'
로 뛰어간다.

친구들과 재능을 공유하는 훈남 아저씨!

남편: 마누라가 중년에 화가가 되다니, 내 인생 완전 반전이다.

Jung mi: 자유로운 직업, 자유부인으로 살고 싶소!
          리암니슨 버전 '레미제라블'에서 경찰서장 자베르가 깃털보다
          더 가볍게 자신의 몸을 강물로 던졌을 때, 장발장을 향한
          그 눈빛을 잊을 수가 없어, 이제는 자유롭게 살라는….
          사람에게는 자유가 필요해, 나쁜 일이 아니라면 하고 싶은 대
          로 살게 놔둬야 해.
          사람의 '마음'은 그 누구도 마음대로 할 수 없는 '나의 것'이기
          때문이야.

섹시한 붕어빵: 나도 붉은 립스틱 발랐어!

오늘은 왠지 섹시해지고 싶어!
〈)333)〈 붕어빵 이모티콘
나의 핸드폰 끝자리는 8333
붕어처럼 팔딱거리면서 끗발 좋게
인생 삼삼하게 살자.
못 먹어도 인생 무조건 쓰리 go!

차가운 바람이 불면 붕어빵이 생각난다.
케이크처럼 디자인은 세련되지 않지만
햄버거나 피자보다 뚱해 보이지만
길거리에서 반기는 반가운 얼굴 붕어빵
작은 포장마차로 주르르 Take out
값도 싸고 남녀노소 누구에게나 오랜 세월이 지나도
여전히 정감 있고 신선한 충격 붕어빵
달착지근한 붕어빵 한 입
어디부터 물어 먹을까, 앙~

팔딱거리며 삼삼하게 사는 음식 그림 이야기 요이 땅!
섹시한 붕어: 인생은 한 방이 아니라 백방으로 노력하며 살자! 뻐금뻐금~.

달을 그리워하는 게

조용히 사랑합니다.

사랑은 요란하고 시끄럽고 복잡한

현실의 힘듦을 잊게 합니다.

사랑은 우주 덩어리만큼 무거운 짐을

헤쳐 나가도록 큰 에너지를 줍니다.

조용히 사랑합니다.

세상을 소중하게 사랑하기 위해

하루를 사랑으로 시작하고

사랑으로 하루가 저물어 갑니다.

세상 밖으로 사랑을 품고 나옵니다, 꽃게는….

깊은 바다 속에서 활기 치던 갈치
갈치 뼈에 개나리꽃이 피었다.
봄날
입춘대길 날 그렸던 갈치

봄 하면 생각나는 것들
봄 소풍, 아지랑이, 입학식, 새싹, 개구리, 봄나물 비빔밥,
냉잇국, 벚꽃, 황사, 꽃샘추위, 새 학기, 목련, 꽃가루, 황사,
봄비, 입춘대길 그리고 개나리꽃….

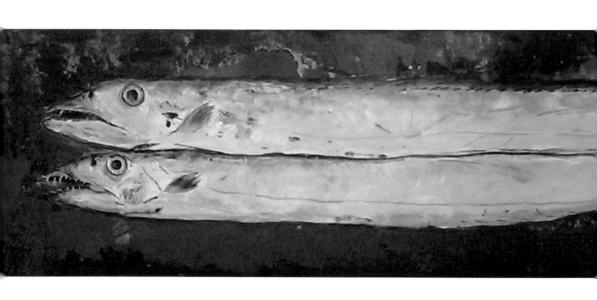

추억의 도시락

덕수궁 벤치에서 추억의 도시락을 꼭꼭 씹어 먹고 싶다.

비둘기와 분수대가 보이는 그 벤치에서

추억을 씹으며

이문세의 '가로수 그늘 아래 서면' 노래를 들으며

고추장과 김은 없어도 보기만 해도 배부르다.

어느 봄날 덕수궁 미술관을 갔을 때

벤치에 앉아 커피를 마시고 있었다.

양산 쓴 어느 작은 아이가 엄마랑 놀고 있다.

에메랄드빛 원피스를 입은 아이 얼굴은 양산에 가려 볼 수 없었지만….

만인산 휴게소에 10년 이상 살고 있는 커다란 거위,

양산 쓴 아이보다 거위는 일찍 세상에 태어났다.

덕수궁 안에서 만난 아이와 만인산 휴게소에서 만난 거위,

우리 만남은 우연이 아니야~.

태양을 피해 가고 있는 아이가 양산을 내렸을 때

거위는 아이를 기다리고 있다.

자외선 저리 가란 말이야~.

태양을 피해 가는군, 꽥꽥~.

아이가 거위를 보고 환하게 웃는 모습을 상상해 본다.

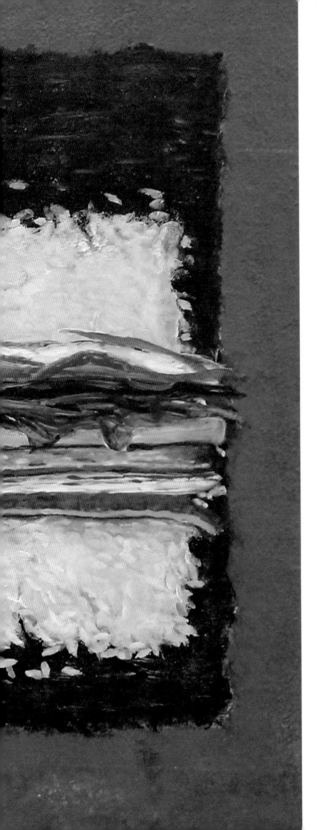

빨랫줄에 깻잎이 펄럭입니다.
상추가 들으면 상처 받겠지만
난 깻잎이 더 좋아.
상추야 미안!

깻잎과 양파는 영양상으로 궁합이 잘 맞는 식품.
깻잎은 생선회와 삼겹살 그리고 쇠고기와는 최상의 궁합.
향긋한 향이 매력적인 채소. 깻잎 특유의 향은 방부제 역할을 하며
생선회와 같이 먹으면 방부제 역할을 톡톡히 하는 귀한 깻잎.
식탁 위의 명약~~! 깻잎아, 고맙Day~~!
오늘은 맑은 하늘 맑은 바람과 함께~~!
바람과 함께 사라지면 안 된Day~~!
오늘은 깻잎 Day~~!

깻잎끼리 다 짰나봐?
어느 시장에 가도 3개 1,000원이야!
싸다 싸! 오늘 깻잎과 함께 삼겹살 어때요?

한국에서 가장 많이 소비되는 돼지고기 삼겹살.

구이, 찌개, 수육, 편육, 산적, 돈가스 등등

다양한 방식으로 요리되는 돼지고기는

세계 여러 나라에서 고기를 얻기 위해 가축으로 길러져 왔다.

머리 편육, 목살, 족발, 갈빗살, 안심, 돈피, 등심, 갈매기살, 볼깃살,

대패 삼겹살까지….

소주, 막걸리, 맥주와 함께 한국 사람들이 좋아하는 삼겹살.

가장 많은 사람들을 유혹했던 기호식품 술.

좋아서 한 잔, 힘들어서 한 잔…, 술 한 잔으로 세상을 알게 된다고….

이 추운 날

따뜻한 건

커피 한 잔뿐이라도

이 한 잔의 온기로 기운 내며

하루 잘 지내보자고

무엇에 익숙해지며 살아가고 있는가.

한 번이라도, 하루만이라도 더 웃는 밝은 여유로움으로

익숙해지며 살아가야겠다.

그것만으로도 충분한 하루라고….

뜨거운 프라이팬 안에
한 장 한 장 부침개가 만들어질 때마다
물밀듯 밀려오는
어머니의 사랑도 같이 밀려온다.

바삭하고 고소한 부침개의 테두리,
지글지글 굽는 소리가 맛있게 들린다.
간장 옆에 두고 젓가락 들고
한 입 먹을 때 향긋한 파.

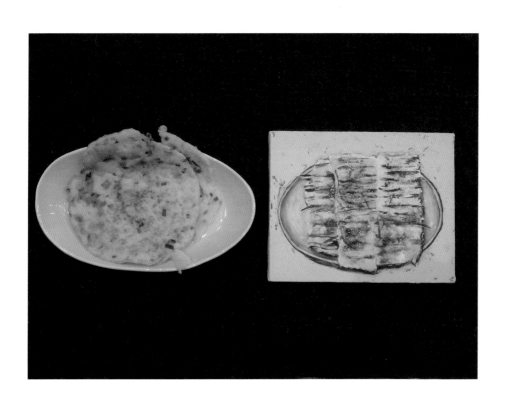

어머니의 손맛이 들어간 칼국수가 먹고 싶다.
스마트폰 만지작거릴 시간은 많고
밀가루 반죽할 시간은 없네.
나이프로 스테이크를 잘라 먹는 고기보다
칼로 자른 칼국수.
나무젓가락으로 칼국수를 먹고 싶다.

닭 칼국수, 해물 칼국수, 바지락 칼국수
팥 칼국수, 야채 칼국수, 김치 칼국수

어떤 칼국수 드시고 싶으세요?

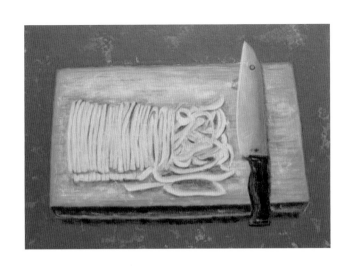

라면은 처음부터 꼬인 인생이야.

많은 양의 면발을 넣을 수 있다기에

직선보다 곡선으로

꼬불꼬불~~~~~~~~~~~~, 이렇게

웰빙, 유기농, 친환경 식품들이 대형 마트에서 바코드

찍히기를 기다리는 음식보다 먼저 선수 친나.

라면…, 오늘 너 나한테 찍혔다.

라면에 없는 영양소를 김치, 야채샐러드와 곁들이면 좋아.

처음 생라면부터 불어터질 때까지 꼬불꼬불~~~~~~~~, 이렇게

꼬불거리는 나의 숙명을 받아들이고

뜨거운 맛으로 운명을 바꾸겠어!

김밥! 추가요~

밥이 없을 때

배고플 때

뜨거운 3분의 열정적인 인생 라면!

간단하게 맛있게 후루룩 쩝쩝 먹을 수 있는 국민음식 라면!

왜 밤 12시에 먹으면 더 맛있을까? 쩝쩝….

게발이 꽃밭에 사그락사그락

게발이: 야훗~, 처음으로 꽃밭에 와봤네 그려…. 우릴 행복하게 해주네.
노래 한 곡 때려 볼게! 2NE1, 씨스타의 화끈한 노래도 좋지만….

게발이: 갯벌과 바다 속은 너무 차갑고 춥고 외로워!
밤비 내리는 영동교를 홀로 걷는 이 마음~, 그 사람은 모를 거야
모르실 거야~.

게발이: 사람들도 외롭기는 다 마찬가지야!
많은 것을 갖고 있으면서 외로워하잖아?
돈 많아도 외롭고 돈 없어도 외롭고~.
뭘 해줘야 외롭지 않은 거야? 우라질!

게발이: 살아오면서 심장에 얼굴을 묻고 절절하게 울고 싶었던 사람은 누구일까….
그대 가슴에 얼굴을 묻고 오늘은 울고 싶어라~.

게발이: 그림을 봐~, 그림을! 꽃밭에서 노래가 딱이라고!
꽃밭에 앉아서 꽃잎을 보네~.

게발이: 게뿔~, 기다리는 그 님은 절대 오지 않아!

게발이: 게뿔이 아니고 개뿔인데?
난…, 이판사판 게판으로 열심히 살 거야!
게판이란…, 눈은 똑바로 보고 있지만
바다 속 용왕님 앞에서도 소신 있게 옆으로 판판하게 걷는다고!

게발이: Oh~, No No No No No! 무턱대고 열심히 살기만 하면 정말 곤란하지!
왜 내가 이 세상에서 열심히 살아야 하는지 분명한 이유와 목표가 있어야지. 아무렇지도 않게 사는 것도 그 사람의 선택이지만,
목표가 있게 사는 것도 선택이야!

게발이: 굼벵이도 구르는 재주가 있잖아…. 사람들도 다 재주가 있어!
재능이 있어도 귀찮아서 안 하는 사람, 서투른 재능도 부풀려 사

97

는 사람.

재능이 있는지 없는지도 모르는 사람, 노력으로 재능을 만드는 사람.

없는 재능도 스펙을 만들어 세상을 훨훨 날고 있는 사람.

재능이 있는데 나대지 않는 사람.

게발이: 사랑이 필요해…. 사람들은 상처와 아픔, 외로움을 갖고 살지.
        어떤 사람 바닷가에서 엉엉 울고 가더라.
        나는 내 게눈으로 다 봤다고! 내 딱딱한 게딱지에 사람 눈물이 떨어졌어.
        그 눈물 쪽빛 노을에 보이더라. 뚝!

게발이: 눈물 한 방울 떨어질 때마다 무슨 사연인지 듣고 싶었어.

게발이: 내가 게 발이 아니고 하루만이라도 사람 발이었으면….
        사랑하는 사람한테 향하는 발걸음이었으면 해. 저벅저벅….

게발이: 내 발밑에 있는 꽃 꺾어서 한 다발 안겨 주고 싶어.
        따뜻한 포옹을 하며 조용히 오래오래 머물고 싶어.
        컴퓨터도 *끄고*…, 스마트폰도 *끄고*…, TV도 *끄고*….

우리 몸통은 어디로 갔나?

게발이들의 합창:

　　우리의 꽉 찬 살점을 젓가락으로 맛있게 후벼 파 드시고

　　사랑하는 사람과는 살정(?) 나누시길 바래요.

　　비록 우리는 빈껍데기로 쓰레기통에 사라져 가지만

　　어떠한 극한 상황에서도 많이 사랑하며 열심히 사시길 바랍니다!

　　행복하지 않으면 자신만 손해, 아무도 대신 살아 주지 않으니!

　　(해질 무렵 잠 못 드는 갯벌 바닷가에서 게발이들) 사그락사그락…

신혼 때 남편은 직장에 다니고 있었고, 나는 시어머님한테 월급을 받으며 식당 일을 했다. 아침 먹고 바로 점심 손님을 받기 위해 야채, 생선을 다듬고 수저와 상차림 청소를 했다. 어머님은 혼자 반찬을 만드셨고, 아버님은 카운터와 장부정리 서빙을 하시고, 설거지하는 아줌마는 1명. 나는 2년 동안 조기, 꽁치, 동태, 오징어, 갈치, 고등어, 명태, 게, 굴비, 멸치, 생선, 야채, 배추, 무, 파, 감자, 오이, 마늘, 김치 류 등을 다듬고 씻었다. 아마도 음식 그림을 그리기 위한 운명이었으리라.

시댁에서 5분 거리의 산부인과 병원에 도착하자마자 세상에 빨리 나와 그림을 그리고 싶었는지 첫 딸 유빈이를 금방 낳았다. 그 다음해에 연년생으로 성민이를 낳았고, 산후 조리는 따뜻한 아랫목에서 뜨신 밥을 꺼내어 시어머님이 해주셨다. 내가 일하는 동안 시할머님이 유빈이를 돌봐 주셨고, 두 아이 모두 모유 7개월 먹이고 면 기저귀를 빨아서 키웠기 때문에 육아 비용은 그다지 많이 들지 않았다.

새댁이 겨울에 처음 김장한 배추김치는 800-900포기였다. 마당에 산더미처럼 쌓인 배추가 나를 기다리고 있었는데, 시아버님이 맨 정신으로 못 한다면서 중간 중간 막걸리와 커피, 유자차를 직접 타주셨다.

시고모님들과 도련님, 시누이 가족 총 집합하여 배추 앞에서 거대한 첫 김장을 쓰나미처럼 후다닥 끝냈다. 그 첫 김장 하는 날 봄동 배추 같은 쬐끄만 새댁은 하루 만에 우거지처럼 헌 댁 되었다. 21번째 추석과 김장을 끝내니 어느덧 쉰 살이 되었다.

우리나라 겨울철 전통 문화인 김장이 유네스코 인류 무형유산에 등재되었다. 수라상부터 3첩 반상까지, 분식집부터 칠성급 호텔까지 어디서나 먹

는 우리나라 김치. 김장 문화는 한국 사회 공동체의 결속을 다지는 데 지대한 역할을 해왔고, 한국인의 정체성과 소속감을 형성하는 중요한 유산이라는 것이 등재 이유라고 한다. 한국을 대표하는 음식은 김치다. 디스커버리에서는 실존 의녀 장금이의 궁중 요리를 드라마로 만든 '대장금'(2003년 56부작)을 다큐멘터리로 방송했다.

김장과 추석, 구정, 생신날에는 도련님과 고모부님과 시아버님과 고스톱을 쳤는데, 나보다 두뇌가 좋은 남편은 내 등 뒤에서 경리를 하고 계산하는 것도 알려 주며 고리를 뜯었다. 결혼하자마자 내가 남편한테 두 번째로 배운 것은 미소 다음 고스톱이었다. 쌍피 계산과 흔들 때 기억력이 없는 나에게 홀라당 까먹을지 모르니 화투를 꼭 뒤집어 놓으란다. 혼자 치는 것은 아니니 다른 사람한테 민폐 주지 말고 패를 잘 던져라. 어차피 이기지 못하면 내가 조금 내는 쪽으로 유리한 사람한테 밀어 줘라. 내가 손에 든 것보다 상대방 패를 직감으로 알아 차려라. 질 것 같다고 비겁하게 파토 내지 말고 마지막까지 정당하게 화투치고 일어나라잉~. 돈 떨어지면 돈 빌리지 말고 그만 해라잉~. 그 본전 뽑으려고 덤벼들면 더 작살난다잉~. 나에게 알려준 고스톱 노하우.

점 100원…, 광 200원…. 밤 12시까지 하루 종일 돈 벌기 힘들다잉~. ㅠ.ㅠ
큰며느리는 시아버님과 고스톱 치고, 동서와 어머님은 저녁상을 차리신다.

오빠 남동생: 누나! 우리 형이랑 결혼하면 이젠 형수님이다!

군대 있을 때 내가 위문편지를 보냈던 오빠 남동생이 지금 내 앞에서 나랑 화투치고 있다.

형수! 나 패 잘 들어왔으니 얼른 광 파시고 부침개나 갖다 주세요

방으로 돌아와서 남편은 나한테 버럭~.

남편: 겨우 광을 2개 팔고 조금 버느냐?
          쓰리고 패인데 더 많이 받을 수 있는데!

Jung mi: 안전하게 확실하게 천천히 가는 것이 마지막에는 더 많이 벌어!

남편: 패 잘 들어왔을 때 상대방 표시 안 나게 포커페이스를 해야지.

조커 2개 들어왔다고 그렇게 실실거리냐?

Jung mi: 행복하면 웃고, 행복하지 않으면 울고불고 그런 거지.
          살아가면서 감정은 그때그때 솔직한 것이 좋은 거야! 버럭~.
          물건이든, 사랑이든, 인재든, 조커든 빨리 집어가는 사람이 임
          자야!

2012년에 돌아가신 시아버님….

모아 놓은 동전 만지작거리며 재래시장에 갈 때면 아버님과 고스톱 치던 생각이 난다.

어머님이 제 키가 너무 작다고 하셨을 때

시아버님: 우리 아들 다리가 너무 길다!

내 다리가 지극히 정상이라고 말씀해 주셨다.

시아버님: 친구로 처음 만났으니 불편하게 시누이올케로 지내지 말고,
              야자 하며 끝까지 친구로 지내거라!

내가 식당에서 일하는 동안 남편은 왕십리에서 성수대교를 날마다 지나며 출근을 했는데, 아침에 성민이를 포대기로 어부바하고 설거지하면서 뉴스 속보를 보고 있었다. 뭔 일이지? 1994년 10월 성수대교가 붕괴되어 참변이(사망 32명) 났다. 왕십리에서 성수대교는 10분 거리였고, 10분 전에 회사 다녀오겠다고 유빈이, 성민이 잘 보고 있으라고 했는데. 아, 나 어떡해, 결혼 2년 만에…. 이제 새로운 인생 시작인데…. 순간 주저앉았다.

심장 깊숙이 나의 꿈도 아직 무너져 있지 않은데….
그 무.거.운.다.리…가.왜.무너.지.는.가.
성수대교가 내 심장보다 약한 거야?
칼로 두부 자르듯
너. 무. 쉽. 게. 무. 너. 져. 있. 었. 다.

두부에 꽃이 피었습니다.

　무학여고 지나고 성수대교 바로 건너기 전 신호등에 대기 중이었던 남편이 5분 먼저 출근했더라면, 빨강색 신호등이, 5분이 남편을 살렸다. 다시 잘살아 보라고 하늘이 살려 주신 것 같았다. 남편은 사고 소식을 차 안에서 듣고 성수대교 대신 잠실대교를 건너 회사에 늦게 출근했더니, 직원들이 살아서 왔다고 박수를 쳐줬다고 한다. 남편은 그날 저녁 집으로 퇴근했다. 지금도 성수대교 지날 때면,

남편:　　　마누라! 성수대교 싱글 맘 될 뻔했구나!

Jung mi:　　나는 기적을 믿어! 당신한테 박수쳐 준 사람들 참 고맙다.

　남편은 박수 받고 떠났다. 충청 지역에 일주일에 3번씩 출장을 다니느라 운전하기 위험하고 힘들고 여관에서 잠자기 싫다고, 가족은 같이 밥상에 앉아 죽이라도 같이 먹고 살아야 한다고, 나보고 대전으로 같이 내려가자고 덜컹 말을 한다.

　나도 덜컹거렸다. 30년 동안 살고 있는 서울을 떠난다고? 평생 서울에서만 살 것이라고 생각했었다. 20년 전에 남편은 방송국, 웨딩숍에, 스튜디오에, 우리나라 최초의 메이크업 전문 제품 회사-코디피아-영업 사원이었다. '메이크업 아티스트'라는 직업을 나는 그때 서울에서 처음 알았다.

　대전에 살 집을 보러 다녀온 뒤 몇 개월 후에 유빈이 안고 성민이 젖병 물리고 3천만 원 전셋돈 들고, 낯선 대전에서 충청 지역 최초로 메이크업 전문 제품 1호점 작은 화장품 가게를 하게 되었다. 3천만 원을 시작으로 대전에서 우리 4명의 가족, 20년을 멸치 또오옹~ 빠지게 잘도 버텼다. 훅~.

행복한 멸치가족

감나무가 보이면 고향이라고 하는데…,
담벼락이 아닌 감나무 낙엽 위에 감 그림 캔버스를 놓았다.
홍시, 군고구마, 도자기 수저와 감, 붉은 고추, 노가리, 왕새우,
감나무에 그림이 주렁주렁.

시월의 마지막 날에는 이용의 노래보다
친구네 집 옥상 갤러리가 생각난다.
우리 우정에는 금이 안 갔는데
감에는 금이 갔구나.
초코파이 '정' 반 뚝 나눠
봉다리 커피 마시며 친구랑 노가리 깠다.

30년 넘은 친구 집 감나무에서 감을 땄다.
대형 마트의 바코드가 찍힌 감이 아니라
내 지문에 찍힌 감을 먹는다.
스펙 많은 친구는 없어도 감나무가 있는 친구는 있다.
너만이라도…, 아파트로 이사 가지 말기!

왼쪽: 친구가 나무에서 따온 앵두.
오른쪽: 조치원 복숭아 그림.

조치원에 처음 갔을 때 복숭아를 사와서 그렸다.
이중섭의 자서전을 읽고 복숭아가 생각났다.

"서양화가 이중섭의 친구 시인 구상이 병원에 입원했을 때
친구는 이중섭이 문병 오기만을 손꼽아 기다리고 있는데,
만사 제쳐두고 달려올 줄 알았던 이중섭이 오지 않자
친구는 무척 섭섭해 하고 있었는데…,
복숭아를 먹으면 무병장수한다고 가난한 화가 이중섭은
빈손으로 갈 수 없어 몇 날 며칠을 매달려 복숭아를
그림으로 그려 병원에 찾아왔다.
친구는 들고 온 복숭아 그림을 보며 눈물을 흘렸다고…."

친구가 카스토리에 앵두를 땄다고 사진을 올렸다.

Jung mi 댓글:　나는 모든 과일 싸그리 다 좋아하는데

　　　　　　　　나중에 나이 들어 나 병원에 있게 되면

　　　　　　　　봉투 갖고 오지 말고 앵두 갖고 오너라~.

댓글 달고 정확히 54분 후에 친구가 집으로 불쑥 찾아왔다.

헐렁한 셔츠에 검정 몸뻬 바지 입고.

Jung mi:　　어디 갔다 오냐, 몸뻬 입고?

앵두 친구:　이 앵두 아까 카스토리에 올린 그 앵두야!

바로 먹으라고 앵두를 모두 깨끗하게 씻어왔다.

이렇게 나무에서 바로 따온 많은 앵두는 처음 먹어 본다.

밥풀 뻥튀기 먹듯 어적어적 입안에 주먹으로 넣어서 실컷 먹었다.

앵두 친구:　한국의 화가들이 살아 있을 때 잘 먹고 잘살았으면 좋겠어!

　　　　　　배고픈 직업이 아닌 배부른 직업으로 말이야!

　　　　　　그리고 착한 사람들 하느님이 할부로 조금씩 나눠서 복을

　　　　　　주셨으면 좋겠어!

　　　　　　수십 년 동안 그 복 기다리다가 지쳐 쓰러지겠어!

Jung mi:　이제는 행운도 랜덤으로 찾아오는 세상이야!

그 친구 제일 먼저 복 받아야 해! 그 친구는 그렇게 가난하게 살아도
내가 행복지수 물어보니 행복지수가 90% 넘는다고 웃으며 말하더라.
나를 위해 6년 넘게 기도해 줬대. 보일러 고칠 돈도 없는데,
겨울에 차가운 물 데워서 머리 감고 출근했대. 그런데
나한테 물감 사라고 통장에 매달 2만 원씩 1년 넘게 송금해 주더라.
나 1,000원도 못 쓴다. 다시 몽땅 찾아서 보일러 고치라고 줬어.

빨리 집 앞으로 나오라고 전화하는 친구.
한 다발의 감과 20Kg 쌀을 가끔씩 쿵~ 내려놓고 간다,
심장 쿵 내려놓고….
이런 날을 잊지 않으마.
내가 아프면 새벽에 전화해도 금방 달려오는 친구.
새벽에 오지 못하도록 내가 아프지 않으면 되겠다.

친구가 사준 컵.

오래 사용했더니

3cm 금이 갔다.

우정은 1mm도 금이 가지 않았는데…,

3cm의 우정을 버릴 수는 없지.

친구의 마음을 생각하며 금이 간 컵에 꽃과 새를 그려 본다.

빨리 꽃집으로 달려갔다.

안개꽃 한 다발 주세요!

장미꽃 테두리에 조용히 장미꽃을 받쳐 주는 안개꽃.

한 묶음의 안개꽃 사들고

착하게 살고 있는 친구 가슴에 안겨 준다.

오늘은 안개꽃 네가 주인공이다.

도마 위에 사랑이 오르다.

채소는 도마 위에 오른다.

찌개 위에 채소 없으면 너무 서운하지.

색깔, 향, 맛, 양념, 불의 기술, 계량의 기술,

썰기의 기술, 다지고 어슷 썰고, 반달 썰고, 편 썰고

요리는 기술보다 사랑하는 마음과 정성이 더 필요한 예술이다.

도마가 햇빛에 마르는 동안

도마 위에 여자들의 시간이 스며든다.

유빈이와 돌잔치 갔다가 접시 위에 있는 새우를 그렸다.

Jung mi: 애기 이름이 '이 플로라'야.

유빈: 진짜 이름 예쁘다! 역시 아티스트 아빠답다.
            엄마, 오늘 나온 뷔페 음식 중에 한 가지 그림으로 그려 봐.
            오늘의 미션!

바다에 찬 기운이 들게 되면
새우 맛도 든다고 하는데,
경전하사를 만들고
바다가 좁다는 둥
강한 자들이 싸운다는 둥
새우잠을 자더라도 고래 꿈을 꾸라는 둥,
등이 굽은 채
숨이 턱턱 막히도록 힘겹게 살았는지
파닥거렸던 새우
굵은 소금 위에 조용히 얹혀 있다.
새우튀김을 파는 길거리 리어카에서나
칠성급 호텔에서나
사람들에게 상업적으로, 식용으로 중요한 새우
잿빛 피부가 불그스레해졌다.

커플 새우: 사람들은 손가락으로 약속하고

우리는 온몸으로 꼭꼭 약속하자.

나 장보러 가!

작은 아귀 한 마리가 8,000원

앗싸~, 싸다!

모아 둔 100원짜리 동전을 은행에서 1,000원짜리로 바꿔서

물 흐르는 징검다리를 건너서 재래시장을 간다.

우리 집에서 5분 거리에 있는 징검다리.

이 다리 때문에 일부러 시장을 자주 간다.

이리저리 아귀를 고르고 있는데…,

생선 아줌마: 골라 봤자 다 똑같이 못 생겼어요!

Jung mi: 흐밍…, 정말 못 생겼네요.

물고기 아귀는 입과 위장이 모두 커서 자기 몸체만 한 물고기도 아구아
구 삼킬 수 있다고 한다. 어부들은 아귀가 그물에 잡히면 너무 못 생겨서 물
속에서 버릴 때 텀벙 소리가 난다고 해서 '물텀벙'이라고 부르기도 했단다.

아귀: 도톰하고 커다란 갈치 한 마리,
         머리 자르고 꼬리 자르면 4토막으로 식구들이 실컷 먹겠냐고요?
         콩나물 팍팍 넣고 국물이랑 나 좀 드셔 봐요!
         나 비록 갈치, 고등어, 꽁치처럼 늘씬하지는 않지만,
         A라인 몸통에 피부색도 우중충하게 생겼지만,

나의 몸통은 영양 덩어리이고 좋은 점만 보고 살면 편해요!

안 좋은 것만 보이니 짜증나고 스트레스 받지요!

나보다 더 맛있는 찜 있으면 나와 보라고 해요!

아가미, 지느러미, 꼬리, 살 부분 또한 특유의 맛이 있어

뼈 외에는 버릴 것이 없다고요! 명품 몸뚱아리요~.

오늘밤…, 뼈와 살이 열정적으로 타면서

당신에게 뜨겁게 찜~ 당하고 싶습니다.

끝내 주게 맛있답니다!

나의 맛에 풍덩 빠지면 헤어날 수 없을 거예요!

Jung mi: 그동안 못 생겨서 푸대접받은 아귀에게 물감으로 성형을 시켜
야겠군!

아귀: 내 주둥이 활짝 웃게 그려 주시고, 눈매도 쌍꺼풀도 예쁘게 그
려 주시고, 수선화 꽃도 꽂아 주세요!

Jung mi: 이런 미친 아귀! 나 장보러 가!

아귀: 나는 이렇게 항상 웃고 있어요! 씨익~.

나 장보러가!

징검다리를 건너면 물오리도 있고 물고기도 있고 목이 기다란 흰 새도 있다.

인천에 사는 세부가 직접 잡은 우럭.

인천에서 고속버스 편으로 대전까지 왔다.

나는 캔버스와 물감 들고 우럭을 기다렸고

남편은 냄비 들고 우럭을 기다리고 있었다.

남편은 매운탕은 싱싱할 때 먹어야 맛있다고 빨리 그리라고 난리 났고,

나는 붓이 아닌 스펀지로 날림~으로 그리느라 몇 십 분 동안 난리 났었다.

우럭은 그림으로 남고, 커다란 냄비 안으로 날아갔다.

1995년은 남편이 부모님으로부터 독립하여 가장이 되어 우리 가족이 대전에 내려온 해이다. 1995년 메릴 스트립의 영화 '메디슨 카운티의 다리(The Bridge of Madison county)'를 개봉한 해이기도 하다. 책으로 영화로 여러 번 보았다. 내가 좋아하는 여자 주인공 매릴 스트립(프렌체스카)은 교사였고, 시와 예술을 사랑하는 중년의 가정 주부였다. 사흘 동안 사랑한 후 평생 동안 사랑하게 되는 러브 스토리다. 내가 태어난 1965년에 미국에서 '메디슨 키운디의 다리' 영화는 시작되었다. 시니컬한 건, 클린트 이스트우드(로버트)가 시가(cigar)와 총알 대신 예이츠를 시를 읽으며…,

로버트: "애매함으로 둘러싸인 이 우주 속에서 이런 확실한 감정은 단
           한 번 오는 거요.
           몇 번을 다시 살더라도 다시는 오지 않을 거요."

로버트가 프란체스카한테 보낸 편지 내용 일부이다.

"거위는 며칠 동안 호수를 맴돌았소.
내가 마지막으로 거위를 봤을 때는 갈대밭 사이에서
아직도 짝을 찾으며 헤엄치고 있었소.
문학적인 면에서 약간 적나라한 유추일지 모르지만
정말이지 내 기분이랑 똑같은 것 같았소.
안개 내린 아침이나 해가 북서쪽으로 기울어지는 오후에는
당신이 인생에서 어디쯤 와 있을지, 내가 당신을 생각하는 순간에

만인산 휴게소의 거위

당신이 무슨 일을 하고 있을지 생각하려고 애쓴다오.
뭐, 복잡할 건 없지, 당신네 마당에 있거나
현관의 그네에 앉아 있거나
아니면 부엌의 싱크대 옆에 서 있겠지, 그렇지 않소?"

만인산 휴게소에는 호떡과 가래떡과 커플 거위가 있다.
남편은 호떡과 어묵을 먹기 위해 호떡 앞으로 헐레벌떡 달려갔고
나는 거위를 보기 위해 헐레벌떡 달려갔다.

Jung mi: 내가 시 읽어 줄게 잘 들어 보슈~.

남편: 시 어려워, 읽지 마! 난 시보다 호떡이 좋아!

            호떡 먹고 가래떡도 사먹어야겠다!

Jung mi: '리그 오브 레전드' 롤 게임만 보지 말고~~~.

남편: 롤 게임이 나에게는 詩다!

Jung mi: 당신은 평생 걱정도 근심도 없어 보여!

남편: 인생 복잡할 거 없다! 걱정한다고 해결되는 것도 아니다.

            그냥 살면 돼!

현관 그네에 앉아 가래떡 질겅질겅~ 씹으면 좋지 않소?

빨리 집에 가서 돼지고기 넣고 김치찌개 해먹자. 배고프다!

Jung mi: 당신 내 꿈이 뭔 줄 알기나 해?

            부부는 3가지를 서로 알아야 한 대.

            몸과 마음과 배우자의 꿈을!

남편은 임종을 맞으며 아내 프란체스카에게 말한다.

"당신에게도 꿈이 있다는 것을 알아…"

"누군가와 가정을 이루고 자식을 낳기로 결정한 순간

 어떤 면에선…, 사랑이 시작된다고 믿지만

사랑이 멈추는 때이기도 해요."

(프란체스카)

오늘은 이판사판 주연, 조연도 없는 막가파식 서부극 '황야의 무법자'와 '메디슨 카운티의 다리' 영화를 동시에 다시 보고 싶은 날이다.

"하지만 결국 나도 사람이오.

그리고 아무리 철학적인 이성을 끌어대도 매일 매순간

당신을 원하는 마음까지 막을 수는 없고,

자비심도 없이 시간이 당신과 함께 보낼 수 없는

시간의 통곡 소리가 내 머리 속 깊은 곳으로 흘러들고 있소.

당신을 사랑하오. 깊이, 완벽하게, 그리고 언제나 그럴 것이오."

(마지막 카우보이 로버트)

대전에 이사 오자마자 작은 아파트에서 유빈이와 성민이를 보면서 화장품 가게를 했다. 작은 화장품 가게에 꽃미남도 아니고 등치 큰 깍두기 같은 아저씨가 있으니 여자 손님들이 들어오지 않으려 했다. 직원 둘 여유가 없어서 남편은 개인 강사를 가게로 초빙해 마누라한테 6개월 동안 수업해 달라고 부탁을 했고, 문화 센터 전단지를 보고 레슨비를 내주면서 1년 동안 펜슬 드로잉을 배워 오라고 했다. 그래서 데생을 배우게 되었다.

대전에는 친구도 없어서 오랜 동안 심심했기에 서울을 자주 올라갔었다. 남편은 결혼 전 힘들지만 웃게 해주겠다는 약속을 지키기 위해 그림 좋아하는 나한테 히든카드를 던졌다. 이것이 내가 그림을 시작하기 위한 결정적인 동기가 되었던 것 같다.

가게를 같이 보면서 아이들은 놀이방에 맡겨 놓고, 남편은 다른 지방으로 출장을 다녔다. 나는 가게에서 4B펜슬과 브러시 들고 화장을 해주고 그림을 그리며 여자 손님들을 많이 받았다. 내가 멀리 있는 지역에 강의하러 갈 때는 남편이 유빈이 성민이를 데리고 바닷가에서, 산에서, 공원에서 놀면서 끝날 때까지 엄마를 기다렸다. 우리는 일을 하면서도 항상 애들과 같이 있었다.

내가 손님들한테 해주는 최상의 서비스는 좋은 물건을 좋은 가격에 주는 것이다. 고객들한테 생일 선물을 주거나 DM 발송을 하거나, 또 신상품이 왔다고, 같이 밥 먹자고 안부 전화도 거의 하지 않는 편이다. 단골손님들은 내가 알랑거리고 변덕스럽지 않은 것을 좋아하는 것 같다. 나의 자리만 나무처럼 지키고 있었다.

잔돈 몇 백 원짜리까지 결제하고 깎아 달라는 사람도 거의 없다. 이제는 더 이상 손님이라기보다는 같이 나이 들어 가고 성장했던 인연의 '선물'이 되었다. 손님이 친구가 되고 언니가 되고 메이크업 아티스트 동료가 되어 주기도 했다. 그때 아가씨들은 지금은 결혼해서 미용실 원장님, 사장님, 대표자, 교수님, 웨딩숍, 사업가, 스튜디오, 이사님, 학원 원장님, 방송국의 프로 아티스트가 되어 있다.

내가 판매한 화장품으로 서로에게 얼마나 행복을 주는 일인가. 남편과 나는 맨땅에서 시작했기 때문에 지금까지 통장의 돈은 쌓이지 않았지만 돈으로 계산할 수 없는 정과 우정이 쌓였다. 30대에는 살림하는 아줌마로 다시 돌아갈 수 없게 되었다.

손님들은 주걱 대신 내가 브러시를 들고 일을 하기를 원했고, 지금까지도 같이 오래 가자고, 계속 일을 하라고 간곡히 부탁들을 하신다. 사.람.들.은.지 .금.인.생.과.힘.들.게.전.투.중.이.다. 우리 손님들에게 스트레스 주지 말고 따뜻하게 해주자.

손님 없을 때는 그림 그려서 좋았고, 손님이 오면 오는 대로 좋았다. 그림 까지 그리고 있었으니 하루가 금방 지나갔다. 남편과 나는 살인미소와 살인 친절로 손님들에게 잘해 주고 싶었다. 우리 부부 싸웠을 때도 표시 내지 않았고, 손님들과 같이 밥을 먹게 되면 그 밥상머리에서 자연스럽게 화해하기도 했다. 싸우는 날은 하루 종일 불편했으나 배고픈 사람이 지는 것이다.

남편: 밥 줘라! 배고프다.

나는 브러시 대신 다시 주걱을 든다. 주걱으로 남편의 뒤통수를 후려치고 싶을 때도 있었으나 내가 아쉬울 때는 꼬리 내려야 했다. 궁금한 것, 어려운 것이 있으면 남편한테 물어봐야 했다.

내가 좋아서 시작한 일들이 여자들을 행복하게 해주는 일이 되었고, 30 대에 했던 네일 아트, 헤나 문신 아트는 신사동, 역삼동으로 기차 타고 버스 타고 전철 타고 걸어서 힘들게 배웠지만 핸드메이드 액세서리 때문에 몇 년 하고 그만두었다.

전문가 색조 브러시 박스 제품은 계속 판매하고 있었지만, 인터넷 쇼핑몰 과 다양한 콘텐츠로 빠르게 계속 쏟아져 나오는 수많은 화장품 때문에 우리는 빨리 트렌드를 준비해야 했다. 그래서 한 달에 5번 이상씩 서울로 계속 출장을 다녔다.

남편은 확실히 나보다 10년 앞을 내다보는 입체적인 촉과 사고를 가지고 있다. 2003년에 지인의 소개로 남편은 지방의 직업훈련학교에서 7개월 동안 출퇴근하며 귀금속 가공 기능사 국가 기술자격증을 2004년에 취득했다. 이거다 싶으면 빠른 추진력으로 빨리 끝냈다. 추진력은 시간과 이런저런 스트레스, 그리고 돈을 아끼는 나만의 최선의 방법이다. 귀신도 도망간다고 하지 않는가.

전문 프로 메이크업, 네일 아트, 헤나 문신 아트도 대전에서 제일 먼저 했고, 백화점 2군데와 가게에서 직원 8명을 두고 일하기도 하고 잘되었다. 하지만 생활비와 임대료, 직원들 월급, 백화점 수수료 때문에 콩나물국에 밥 말아먹듯 망하기도 했다. 그렇지만 후회는 안 하려고 한다. 어떠한 후회든 늘 미래에게 희망의 발목을 잡히고, 나의 인생의 아티스트가 되기 위한 리즈 시절이라고 생각하니 '쌤쌤'이다. 똑같은 실패를 계속하면 문제지만, 처음 하는 일은 실패할 수도 있다. 우리 나이도 어렸다. 그때는 최선이었다고 생각한다.

8명의 직원들과 재미있게 지냈고 경험이 재산이라 생각한다. 2명의 직원한테는 내가 배우던 문화 센터에 수강료를 내주고 데생을 배우게 했었다. 직원들은 행복해 했고, 이렇게 그림을 그릴 줄은 몰랐다고 한다. 모르면 어렵고 알면 쉽다.

4B펜슬 드로잉

Jung mi: 여보! 콩나물에 밥 말아 먹자!

"시도했던 것이 모두 잘못되어 폐기되더라도, 그것은 또 하나의 전진이기 때문에 나는 절대 실망하지 않는다." (토마스 에디슨)

결혼 전 백화점 매대에서 1년 동안 장갑하고 우산을 판매했고, 명동에서 콩나물 꼬리만 한 월급 생활도 8년 해봤고, 결혼 후 시부모님과 2년 동안 식당 일도, 남편과 직원 두고 오너도 해보았으니, 갑과 을의 심정도 다 안다.

월급 받는 날을 숨넘어가게 기다리고, 월급 주는 날은 숨넘어가게 빨리 오고…. 직원들 월급은 한 번도 미루지 않았고, 회식은 내가 술을 먹지 않아 밥만 먹고 땡쳤다. 우리는 10년 이상 어려웠지만 손님들과 친구들이 용기를 주었고, 그래도 지금까지 처음 시작했던 전국 지사 중 20년 동안 꾸준히 하고 있는 지역은 '대전'밖에 없다. 좋아하는 일을 계속하는 사람이 이기는 것 같다.

나는 좋아하는 일을 했기 때문에 불경기도, IMF도 개의치 않았다. 내 인생에 어려움은 있어도 하루하루를 배드 타임으로 만들고 싶지 않다.

남편과 서울로 올라가 둘이 직장생활을 할까 생각도 했었지만, 50대에 망한 것보다 30대에 일찍 망한 것도 감사하게 생각한다. 도전도 해보고 실패도 해보고, 너무 없이 사는 것도 매우 위험하지만, 너무 많이 갖고 사는 것도 나의 인생에게는 더 위험해질 것 같았다. 그때 배불렀으면 오늘 같은 날도 없었다. 배부름보다는 헝그리 마인드로 부족한 부분을 채우고 배워 가고 있는 것 같다. 남들이 나를 인정해 주면 너무 고맙고 감사한 일이지만, 내가 나를 인정하면 더 이상 성장은 없고 멈춤이라고 생각한다.

아트(Art)와 창의력이 절대적으로 필요한 직업이라 돈이 들어오지 않더라도 무진장 노력을 해야 했다. 아무것도 안 하면 더 이상 할 일이 없어진다. 귀찮아서 안 하고, 화나서 안 하고, 우울해서 안 하고, 짜증나서 안 하고, 돈 없어서 안 하고, 바빠서 안 하고, 부모님이 보태 주지 않아서 못하고, 시간이 없어서 안 하면 나의 삶에 중심이 없을 것 같았다. '할 일 없는 인생'이 될 것 같아 제사가 끝나고 그림을 그렸고, 벌초 갔다 와서도 그림을 그렸고, 서울 출장 다녀와서도 그림을 그렸고, 남편과 싸우는 날에도 그림을 그렸다. 그랬더니 다시 새로운 할 일이 생겼고, 우울증 걸릴 틈도 불행이 쳐들어올 틈도 주지 않았던 것 같다. 마이너스 통장보다 삶에 대한 자신감이 더 많았다.

젖병 물고 기저귀 차고 대전 내려온 성민이는 스무 살에 리그 오브 레전드 프로 게이머가 되었다. 나는 스무 살에 백화점 사원이었고, 남편은 스무 살에 대학 캠퍼스의 학생이었고, 유빈이는 스무 살에 예술대학에 진학했다. 우리 가족의 스무 살은 이러했다.

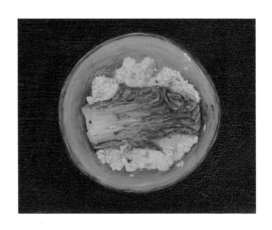

쌀밥에 배추김치만 먹은 이 날은 통장에 잔액이 9원 있던 날이다.

100원의 소중함과 100원도 큰돈이라는 사실을 배웠다.

그날이나 오늘이나 나는 100원짜리 잔돈을 모아서 재래시장으로 간다.

시아버님과 재미있게 치던 고스톱도 온통 100원짜리였다.

이제 나에게 100원짜리의 추억은 시리고 아련하다.

통장에 잔액 9,000원도 아니고 900원도 아니고 90원도 아니고 달랑 9원 있더라.

9원의 날은 구원되었다. 9원을 구원해 준 것도 우리 단골손님들이었다.

작은 오빠가 많은 그림붓을 선물해 주며 나에게 쪽지에 적어준 글.

"그리는 것이 그리지 않는 것보다 낫다.

늦은 시작이지만 이 붓이 다 닳을 때까지

동생이 생각나는 모든 사물을 아름답게 그리길⋯.

시간이 없어도 그리고 힘들 때도 그리고 어려울 때도 그려라.

아프지만 말고." (오빠)

인생은 찰나라고 하는데⋯, 그 힘듦 속에 인생의 소중함이 전부 들어 있기 때문이다.

그 모자라는 것을 채우기 위해, 소망하기 위해 꿈을 이루기 위해⋯.

길거리의 빵 향기가 코를 벌름거리게 하는 것.

오늘은 블랙커피 대신 거품 많은 카푸치노로 선택하는 기쁨.

이 그림은 망쳤다. 저것으로 그릴까 하는 작은 상념들.

단풍 구경을 가지 못한 친구에게 가방에 낙엽을 넣어서

이 낙엽 바스락거리며 스트레스랑 같이 밟아 버려!

소소한 일상의 감사함을 모르고 산 것 같다.

실패가 또 다른 부활이라고⋯.

내일 통곡하는 일이 생겨도 오늘 하루는 무조건 행복하게 살자.

남편: 나 이제부터 국가 자격증 소지자야!

남편과 나는 다시 액세서리 만드는 기술을 배우기 시작했다. 목걸이 한 개를 만들기 위해 많은 도구들을 책상 위에 놓고 마빡 서로 맞대고, 부글거리는 마음을 진정시키고 부글거리는 커피 두 잔 끓여 놓고, 남편은 테크닉을, 나는 디자인을 만들었다.

공돌이와 공순이는 한 집에 살았대요~.

둘이는 매일매일 싸움을 했대요~.

도구를 들고 있으면 공순이, 붓을 들고 있으면 화가, 주걱을 들고 있으면 아줌마! 남편은 내 뒤통수와 등짝 후려치며 몇 달 동안 액세서리 만드는 기술을 알려 주었지만, 항상 이론으로 자기 두뇌로 나를 가르치려고 하다니….

남편: 머리를 써, 머리를! 왜 그렇게 못 하냐? 으그, 답답해!

Jung mi: 나는 어려워서 모르겠는데, 더 알려달라고 하는데
           무슨 선생이 이 따구야! 당신은 귀차니스트야!
           선생 하면 안 되겠다! 성격도 이랬다저랬다~.

남편: 그렇게 많이 알려 줘도 못 하냐?

Jung mi: 한 번에 이해하는 사람도 있고
           10번 이상 알려 줘야 하는 사람도 있지.

140

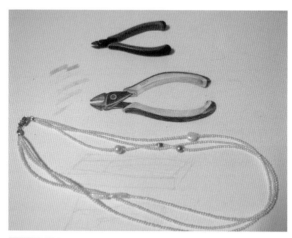

10년 동안 수 천가지의 목걸이, 팔찌, 귀걸이를 만들었다.

내가 만든 악세서리를 다른 사람들이 하고 있는 것을 보면 행복하다.

20년 동안 해주던 화장, 여자들의 얼굴이 우주로 보인다.

돈 한푼 없는 것이 파산이 아니라, 나에게는 열정이 없는 삶이 파산이다.

어느 누구는 두 팔로 따습게 포옹을 하고

어느 누구는 힘차게 고스톱을 내리치고

어느 누구는 롤 게임을 하고

어느 누구는 여행을 가고

어느 누구는 기도를 하고

어느 누구는 불면증으로 잠을 못 자고

어느 누구는 카드빚 때문에 심장이 오그라들고

어느 누구는 결혼 준비로 행복하게 잠이 들고

어느 누구는 그림 그리기를 시작하고

어느 누구는 사랑을 시작하고

어느 누구는 『선물』 그림책을 준비하기 위해 탁탁탁 키보드를 두드린다.

대전 내려오자마자 프로 아티스트가 되라는 뜻으로 promakeup@han-mail.net E-메일을 만들고, 도메인 설명을 시작으로 견적서 만드는 파일, 액셀, 프린터, 포토샵, 카페, 블로그, 컴퓨터가 하는 일은 너무 방대하고 10년 동안 배워도 아직까지도 어렵고, 남편의 두뇌가 녹슬기 전에 계속 우려먹어 야겠다.

남편:　　　컴퓨터를 켜고 끄는 것만 알면 50% 다 배운 것이다.

Jung mi:　머리 좋은 남편이 머리를 쓰라고 하는데, 무슨 머리를 쓰라는 거야? 멸치 대가리들~, 모두 집합해라!

웅성웅성~, 뭔 일이래~, 또 싸웠어!

멸치 대가리들: 살아가면서 잔머리를 굴리라는 거야.
　　　　　아이디어를 굴리라는 거야.
　　　　　처세술을 굴리라는 거야.
　　　　　IQ를 굴리라는 거야.
　　　　　술안주로 머리 뜯긴 채 고추장에 콕!
　　　　　머리 긁적긁적~.

남편:　　　머리로 먼저 생각하고 행동하라.
　　　　　생각은 안 하고 무슨 일이든 멸치 볶듯 후다닥이야~.

146

Jung mi: 복잡하고, 까다롭고, 계산하는 것, 머리 쓰는 것, 잔머리 굴리

는 것, 어려운 것 아주 싫어. 단순하게 살고 싶어.

생선들은 밥상 접시 안에 한 마리나 두 마리

우리들은 의리 있게 같이 다니지.

접시 안에 멸치 한 마리 놓고 밥 먹는 사람 없지.

사람들이 젓가락으로 우리를 집어들 때, 공중부양 할 때

같이 뭉쳐 다니는 우리는 행복해.

갈치는 토막 사건이 나고

우리는 똥까지 통째로 먹는다.

똥 빠지게 바다 속에서 큰 생선 눈치보고 살았다.

비록 말라비틀어지는 것이 우리의 삶일지라도

멸치 대가리만 남았을지라도

음식물 쓰레기통에 버려질 때까지…,

맑은 눈동자는 별이 될 거야.

또르르르르르.

Jung mi: 이론 누가 몰라? 인생도 요리처럼 정식 코스가 있는 것이 아니지.

호박죽을 먹든 동치미 국물을 마시든 아무 거나 먹으면 어때서?

당신은 사랑도 이론으로 하냐?

당신 수준으로 말고 내 수준으로 알려 달라고!

남편: 이 여편네! 똑똑한 줄 알고 결혼했더니!

Jung mi: 내가 언제 내 입으로 똑똑하다고 했어? 당신이 그렇게 생각했을
         뿐이지!

기차 안에서도, 버스 안에서도, 수업 시간 전에도 작은 수첩에 4B펜슬로
스케치를 하고 그림을 그렸다. 특수 분장 메이크업 세미나, 박람회, 미용 연
수는 독일, 홍콩, 일본으로. 적금 해약하고 비자금 꺼내고 통장 잔액 몽땅
꺼내서 다 날렸다, 흑~. 50대에는 못 할 일 30대는 할 수 있는 용기가 있더
라. 돈 없어서 못 하는 경우도 아주 많지만, 돈 아까워서 좋아하는 일을 안
하면 평생 못 할 것 같았다.

오랜 동안 김치 쪼가리만 먹고 살더라도 기술직은 배워야 할 때 빚을 내
서라도, 적금을 해약해서라도 한 살이라도 적을 때 배워야 해. 50살 이후에
내가 할 수 있는 일이 무엇일까, 이런 생각을 갖고 30대부터 차근차근 준비
한 것 같다. 누군가의 50대는 성공을 했거나 추락을 했거나, 자녀를 다 키우
고 자신만의 시간이 충분히 있거나, 일을 다시 찾아야 하거나, 결혼 준비로
묷돈이 필요하거나, 빚이 많이 있거나, 일 안 해도 될 만큼 여유가 있어서 해
외여행을 하거나….

기술직은 창의적으로 할 수 있는 Art이다. 자영업, 프리랜서, 화가, 자유직
업은 연봉, 퇴직금, 보너스, 월급이 없다. 알아서 허벌나게 벌어 놓아야 한다.

그러나 기술은 출근할 회사는 없어도 재택근무 몇 평 가게에서도 날마다 할 수 있는 일이고, 화가는 차장님 부장님 소리는 못 들어도 80살 넘어서까지도 날마다 출근할 수 있는 작업실이 있다. 예술은 사람들을 행복하게 해 주는 것이 사실인 것 같다.

"우리네 삶이란 것이 얼마나 짧고 연기처럼 허망한가.
그렇다고 해서 삶을 경멸할 필요는 없다. 대신 우리는 작품보다는
아티스트에게 더 관심을 가져야 한다." (고흐)

이 세상에 아티스트가 없다면….

그림 작업하는 데는 힘듦과 기쁨이 동시에 있다. 작품으로, 그림으로 행복하지 않다면 그만두어야 했겠지만, 10년 동안의 시간들이 오늘의 결과보다 나의 인생에 더 소중했다. 좋은 결과보다 힘든 과정들, 그런 촘촘한 시간들이 있었기에 오늘처럼 작은 행복의 소중함을 절절히 알게 되었기 때문이다.

"불운을 두려워하는 사람들은 행운을 맛 볼 수 없다"(러시아속담)

20대에 놀았던 명동, 을지로, 퇴계로, 시청, 인사동, 충무로, 종로, 삼청동, 광화문, 남대문, 동대문, 교보문고, 뚝섬…. 늘 서울을 잊지 않고 그리워했다. 20년 동안 서울로 한 달에 몇 번씩 KTX, 무궁화호 타고 한강을 지날 때면 어린 시절 살았던, 강한 에너지가 있는 추억이 물들여진 서울 여행이 좋았다.

훗날 할머니가 되면 럭비공처럼, 여자의 마음처럼, 청개구리처럼 내가 어디로 튈지 모르겠지만, 따뜻하고 정 많은 대전 사람들을 눈물 나게 그리워할 것 같다.

20년 이상 중년을 보냈던 은행동, 나를 화가로 만들어 준 대전, 서울에서는 볼 수 없는 물 흐르는 징검다리 폴짝폴짝 건너뛰며 재래시장을 자주 다니던 추억을 만들어 준 대전, 새로운 친구를 만나게 해준 소중한 대전을….

대전에서 나는 좋은 사람들을 만났고 너무 많은 것을 배웠다. 사라져 버리는 하루 일상들, 눈처럼 모아지는가, 물이 되어 흐르는가. 모든 하루를 다 기억할 수 없지만, 흰색의 눈처럼 좋은 추억을 쌓을 일이다. 하루는 눈처럼 녹아 내려도, 서울이든 대전이든 모든 순간은 소중하다. 숨 쉬고 있는 순간까지…, 휴~.

4B펜슬 드로잉

'할 수 없다'는 말은

글이든 말이든

세상에서 가장 나쁜 말이다.

욕설이나 거짓말보다 더 많은 해악을 끼친다.

그 말로 수많은 영혼이 파괴되고

그 말로 수많은 목표가 죽어 간다.

'할 수 없다'는 말이 그대의 머릿속을 점령하지 않게 하라.

그러면 당신은 언젠가 원하는 것을 얻게 될 것이다.

'할 수 없다'라는 말은 야망의 적

그대의 의지를 무너뜨리기 위해 숨어 있다.

그대의 목표가 무엇이든

끊임없이 추구하라.

그리고 '나는 할 수 있다'는 말로

그 악마에게 대답하라.

(에드가 게스트)

먹기 위해 사는 것

살기 위해 먹는 것

다 소중하다.

밥을 잘 먹어야 기운을 차리고

일을 하고

사랑도 하고

꿈도 이루고

오늘도 어머니, 아내가 해주는 밥으로 하루를 시작한다.

물감을 사서 한 개씩 한 개씩 색칠해 보았다.

친구들과 갤러리에 다니면서 팸플릿 속에 있는 작가들의 그림들을 보고 그리기도 했다. 나는 화방에서 화장품과 액세서리 판매한 돈으로 용돈도 줄이고, 수채화 물감과 아크릴 물감, 유화 물감 수백 칼라를 사서 혼자 그림을 그리기 시작했다.

집안일, 가게일, 맏며느리로, 마누라로, 엄마로, 손님에게는 영원한 실장님으로…. 그림 그릴 시간이 많이 부족했지만 틈틈이 30분이든 1시간이든 시간만 나면 그렸다. 캔버스에 그림은 완성될 수 있지만 창작은 끝이 없었다. 걸어 다니면서, 버스를 기다리며, 기차 안에서, 잠잘 때도 그림 생각뿐이었다. 내가 나 자신에게 선생이고, 학생이고, 관람자였고, 나의 장단점을 너무 잘 알기 때문에 못 하는 것은 달래 가며 나에게 가르쳤다.

유빈이가 어릴 적부터 그림을 좋아하는 줄은 알았지만…, 예술대학에 갈 줄은 몰랐다. 중학교 2학년 때부터 집 근처의 미술학원에서 유빈이는 수채화를 배웠고, 남편이 10년 전에 사준 태블릿으로 유빈이는 집에서 CG도 그렸다.

유빈이의 그림을 매일 보면서, 갤러리로 그림들을 보러 가면서 심장 쿵쿵거리며, 이제는 취미로 모작이 아닌 독창적인 나의 사인 'Jung mi'가 들어간 그림을 그리고 싶었다. 캔버스에 그린 습작 그림 50점은 흰색 물감으로 모두 덮어 버리고, 다시 처음부터 시작하기로 했다.

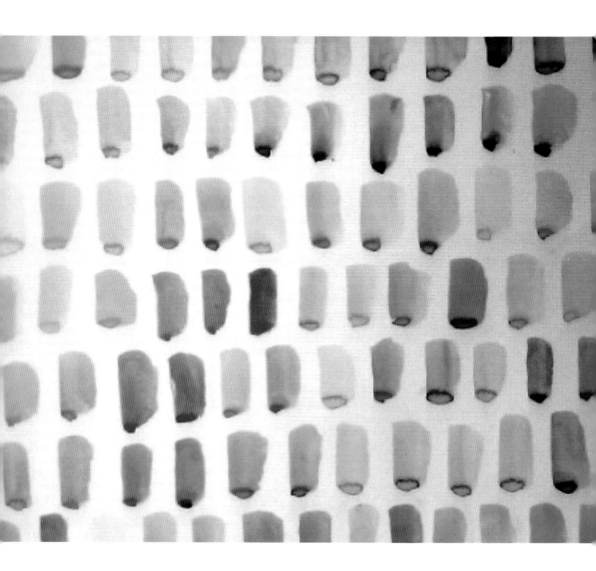

154

그림은 아주 조용히 담벼락에 걸려 있지만
그림은 세상을 보여주는 힘이고 삶이다.

日新 日日新 又日新(일신 일일신 우일신):
진실로 매일 새로워지고 날마다 날마다
새로워지고 날로 새로워지라.

평생 그림을 배우는 마음 초심,
어떠한 어려움이 있더라도 그림을 포기하지 않고 열심히 해야겠다는 열심,
사람들이 행복하게 바라는 마음인 뒷심까지 들어간 나의 첫 번째 전시
그림이다.
작가는 작업실에서 가장 진실하다. 작업실이 내가 있어야 할 나의 '자리'였다.

하늘과 땅 아래서 탯줄을 끊는 순간부터
행복과 불행은 누구나 다양하게 끊임없이 겪게 된다.
이제는 어떠한 시련과 불행이 찾아와도 나는 흔들리지 않는다.
쓰러지지 않는 빨랫줄처럼…,
이렇게 청명한 하늘에 오직 인내심만 걸려 있기를….
매일 똑같은 일상, 지루하게 사는 것이 싫어서
365일 매일 그림과 함께 새로 태어난다.

첫 전시 그림을 몇 분의 화가 선생님들의 추천으로, 환경미술협회에 프로필과 몇 년 동안 혼자 그린 많은 그림들의 포트폴리오를 제출하여, 아트존 갤러리에서 처음 단체(총 91명) 전시회를 2010년 9월 1일에 하게 되었다. 새로운 직업 화가로 시작했던 날이다.

그림은 추억이기도 하고, 세상과의 대화이기도 하고, 나 자신과 끊임없이 찾아가는 여행이기도 했지만, 하루아침에 화가, 김 작가로 불리면서 '이거 큰일 났다' 싶었고, 무거운 책임감을 많이 느꼈다. 친구가 택배로 보내준 미술 서적 속에는 다음과 같은 글이 있었다.

"예술이란, 하루아침에 얄팍한 착상에서 이루어지는 것도 아니며, 재치가 예술일 수는 더욱 없는 것이다. 참으로 자나 깨나 앉으나 서나 그것만을 생각하고, 그 자세야말로 정말 귀한 예술의 터전이 된다."

(미술학자 혜곡 최순우)

2010년 9월 46세에 처음으로 아트존 갤러리에서 단체전 전시를 하고
2011년 9월 작업실(채영)에서 첫 개인전을
2012년 12월 2번째 개인전을
2013년 12월 49세에 그림책 『선물』을 준비했다.

1997-8년 문화 센터에서 1년 동안 데생을 배웠던 서재홍 스승님과 2010년 아트존 갤러리 류환 관장님께서 부족한 나를 앞으로의 가능성을 보시고 '12인 선정 작가'로 선정해 주셨고, 축사와 밀가루 퍼포먼스를 해주셨다.

갤러리에서 만난 화가 선생님들을 초대하여 '행복한 밥상'을 준비했다.

30대 초에 처음으로 기초 데생을 배운 준비가 오늘을 만들었다.

그림에 대한 그리움, 갈망들은 시간이 지날수록 사그라지지 않고

필사적으로 나를 따라 다녔다. 너는 한국 음식 그림을 꼭 그려야 해…,

날마다 나한테 속삭였다. 오프닝 편지를 읽으며 결국 울고 말았다.

뒤늦게 그림을 시작해 오늘 첫 개인전 오프닝을 하기까지

여기 참석해 주신 많은 화가 선생님들께서 격려해 주시고

응원해 주셔서 제가 화가가 된 것 같습니다.

수년 동안 갤러리를 방문하여 선생님들의 작품을 많이 보러 다녔는데

오늘 선생님들을 뫼시고 첫 개인전 오프닝을 하게 되었습니다.

오래전부터 그림을 사랑하는 마음이 있었기에 여기까지 오게 되었습니다.

아침에도 그림이 보이고 저녁에도 그림이 보이고

잠들기 전까지도 그림만 보입니다.

첫 개인전을 위해 오랫동안 준비했고 열심히 했습니다.

3개월 동안 혼자서 작업실을 만들어 준 남편에게 무한 감사하며

오늘 참석해 주신 선생님들께 너무 감사드립니다.

하루를 살더라도 행복하게 살고 싶고,

마지막 순간까지 그림과 함께 행복하게 살고 싶습니다.

(채영 김정미)

첫 번째 개인전 때 작업실에서

늘 처음처럼' 10호 Acrylic on canvas Always like the first time), 2010.9.1

160

초대합니다

행복한 밥상입니다.

땅, 하늘, 햇빛, 불, 바람…, 자연 안에서 푸근한 사랑을 받으며

감사하는 마음으로 마련하는 첫 개인전입니다.

많은 분들과 행복하게 나눌 수 있기를 바랍니다.

건강 전문지(Health Magazine)에 따르면 세계 5대 식품 중 하나는 김치입

니다. 잘 숙성된 김치는 비타민이 풍부하고 락토가 들어 있어 소화를 돕고

면역성을 강화시켜 줍니다.

김치의 주재료는 일반적으로 배추김치의 젓갈, 고춧가루, 생강, 마늘 등등.

특히 고춧가루에는 캡사이신(capsaicin)성분이 들어 있어 신진대사 작용을 활발히 도와주고 지방을 연소시켜 체중 조절에 도움을 주며 또한 엔돌핀(endorphins)을 증가시켜 우울증과 스트레스를 완화시켜 줍니다. 세계 건강식품 중의 하나인 발효 식품인 김치, 우리의 김치를 즐겨 먹고 건강하게 장수하기를 기원합니다!

We invite you to join us with Kim, Jung Mi's 'Bountiful Cornucopia of Art," a Kimchi Series. We believe Kimchi is good for all of us!

According to Health Magazine, Kimchi is one of the five best health foods in the world(Korea Kimchi, Japanese Natto, Indian Lentils, Greek Yogurt and Spanish Olive Oil). Well-fermented Kimchi contains vitamins A, B1, B2, C and healthy bacteria called lactobacilli. The good bacteria promotes digestion and helps stop and prevent yeast infections. Traditional Kimchi is made from napa cabbage, fish paste, dried red peppers, ginger and garlic. The dried red peppers contain capsaicin, which helps the body burn calories and fat. Capsaicin also increases endorphins and other mood elevating substances to help fight depression and relieve stress. The healthy bacteria in Kimchi likewise controls the growth of harmful bacteria and protects our bodies from disease.

Have a good Kimchi day with longevity and good health!

Jung Mi C

Congratulations!

I am very proud and happy that you are having your first solo show!
Your art is truly fantastic. I am attaching a file in English that has the
wording you requested for the back cover. It highlights the attributes
of Kimchi.

I hope this will help you in making your pamphlet. Blessings!

앞 영문 글은 미국에서 여류 화가이자 시인, 아티스트로 활동 중인 Face-book 친구인 분이 소포로 많은 선물과 몇 달 동안의 편지와 함께 보내주신 글을 첫 개인전 팸플릿 책자에 넣었다. 한 번도 만나 보지 않고 목소리도 듣지 못했는데…, 나에 대한 너무 감사한 배려인 것 같다. 소포 속에는 자작시(詩)가 들어 있었다.

"씨줄과 날줄로 하나하나
찬찬히 마음을 걸어 봅니다.
걸러진 찌꺼기들을 모두 모아
불살라 봅니다.
내 마음에 하나, 둘…, 꽃이 핍니다.
피어난 꽃들은 새들을 부릅니다.
새들은 정답게 내 마음에 안깁니다."

2013년 12월 크리스마스 시즌에 편지글과 선물을 미국에서 보내주셨다.

Dear Jung Mi,

Happy 50th birthday!

A time when your new book brings you great joy. I wish you and your family have a very blessed Merry Christmas and healthy, prosperous 2014... love. (Kim, Ji sue)

Love and Happiness

좋은 사람 만나기가 힘듭니다.

사랑할 수 있는 사람 만나기가 힘듭니다.

내가 좋은 사람이 되어야 되겠지요.

내가 사랑을 줄 수 있는 사람이 되어야 되겠지요.

따뜻한 마음으로 깊게 기도해 봅니다.

언젠가 당신과 나 하나 되어

같은 공간에서 숨 쉴 수 있게 되기를... (김지수)

첫 번째 개인전을 축하하며

오래 전 문화 센터에서 기초 데생에 입문한 김정미 님이 데생을 배우며 차분히 기초를 다지던 때가 생각납니다. 수년이 흐른 지금 그의 그림을 보면서 탄탄한 기초 위에서 태어나는 그림들의 당연함을 보는 것 같아 기대가 됩니다.

언제나 성실하고 부지런하며 아름다운 것들을 흘려버리지 않고, 눈여겨 기록하고 재현해 보는 세심함까지, 그의 회화적 관심은 사람들의 삶 속에서 늘 만나는 일상적 사물들입니다. 식탁의 음식 재료들, 많은 생선 류, 김치, 쌀, 야채, 해물 류, 멸치 등의 생명체들이 밥상 위에 그림으로 탄생되어 '행복한 밥상'이 완성됐습니다.

그의 눈에 클로즈업된 모든 사물들을 그의 현대적 감성을 통해 해석하고 그림으로 표현함으로써 자신의 회화 세계를 구축해 나가고 있는 것 같습니다. 아무쪼록 오랜 시간 준비해 온 가슴 설레는 첫 개인전을 축하하고, 비로소 화단에 첫발을 내딛는 그에게 아낌없는 격려와 박수를 보내며, 그리고자 하는 열정이 자양분이 되어 튼튼하고 아름다운 나무로 성장하길 바랍니다.

(서양화가 서재홍)

행위 예술가 류환 작가님의 밀가루 퍼포먼스

김정미 작가의 미술 세계를 위하여!

된장찌개와 두부조림으로 소박하게 회식을 했고
방문하신 지인 분으로부터 늦은 밤 메시지가 왔다.

이제 작가로서의 첫발을 디딘 채영 김정미 님
먼저 축하를….
우리 인생에서 가장 중요한 그것…,
바로 꿈이겠지요.
그 꿈을 실현하는 것이 얼마나 어렵고 힘든 것인지 잘 알기에
오늘 채영 김정미 님의 눈물은 아름다웠습니다.
그 눈물의 의미를 너무나 잘 알기에
가슴 뭉클함이 내게도 전해지더이다.
우리들이 남보다 돈은 좀 적다 해도 누구도 가질 수 없고
흉내 낼 수 없는 사랑이 있으니 행복한 사람들이라 생각합니다.
채영 김정미 님은 행복한 사람입니다.
이제 죽을 때까지 그림을 그리다 죽고 싶다는 그 간절함이
지금부터 언제나 변함없이 작가의 마음으로 꿈을 이루는 데
버팀목이 되기를 기도합니다.
참 좋은 분을 인연으로 알게 되어 이 또한 나의 복이고
이렇게 좋은 인연으로 변치 말고 함께 go go~ 합시다.
오늘 좋은 꿈 꾸고 행복한 밤 되시길….

방명록에 감동적인 글을 적어 주신 석채화가 김기철 선생님:

"누군가에게 아름다운 그림을 선물하려고 하는데

그는 앞을 보지 못하는 소경입니다.

마음 벅차게 사랑하는 사람이 있는데, 사랑한다고 말하고 싶은데

듣지 못하는 귀머거리래요. 그런데 하나님은 공평하게

모두가 느낄 수 있는 마음의 눈과 귀를 주셨어요.

이 세상의 아름다움을 볼 수 있었던 것은 빛이 있었기에

만물을 다듬어 내듯 이 작은 골목에, 작지만 많은 사람에게

마음의 눈을 새롭게 뜨게 하는 공간처럼 우리 마음에

무얼 생각하고 무얼 담느냐에 따라 미래의 꿈은 이루어지듯…"

(석채화가 김기철)

선생님께서는 항아리를 보면 어머니가 생각나신다고….

어머님이 장롱 위에 올려놓은 작은 항아리
발뒤꿈치 들며 조심스럽게 끌어안고
어머니를 안아 본다.
어머니의 숨소리를 들어 본다.

두 번째 개인전 작가노트:

한국인으로 한국 음식을 그리는 것은 나의 삶이며
살아가는 소소한 일상의 이야기를 편안하고 소박하게 그렸다.
예술가는 열정과 노력만으로 가기에는 너무 먼 길이지만
항상 끊임없이 노력하는 것을 가장 기본으로 생각하고 있으며
좋아하는 그림을 그린다는 것은 감사하고 행복한 일이다.
앞으로도 평생 그림을 배우는 마음으로 설레며 붓을 든다.

두 번째 행복한 밥상 展은 한국 어머니의 정, 사랑, 기다림, 사랑하는 사
람들과 먹었던 음식들, 고양이, 새, 생태, 자연에 대한 소중함, 정직한 흙에서
자란 채소, 바다에서 태어난 생선들이 밥상 위에 올려지고 텅 빈 캔버스 안
에 색채로 채워졌다.

1년 동안 작업실에 홀로 있는 시간이 많았기에 그림과 함께 머무르고 그림
에게 위안을 받았다. 앞으로 온전한 나의 시간은 얼마나 남았는지…. 오늘
도 조용히 그림을 그릴 수 있음에 행복하게 붓을 든다.
그림이여,
너와 하나가 되어 치열한 일상으로부터 위로받고 삶을 깨달으며 지천명
을 바라본다.

언제 밥 한번 먹을까요?

"나는 한 해를 보내고

나이를 한 살 더 먹을 때마다 생각한다.

인생에 있어서 가장 큰 낭비란

사랑하지 않는 것

있는 힘껏 최선을 다하지 않는 것

어떤 모험도 하지 않게 만드는 나약한 마음임을

그래서 우리는 고통과 친해지고 행복과 멀어진다."

(존탑)

(2012년 12월에 채영 김정미)

하늘 아래, 바다 속 에너지의 중심인 햇빛 받은 땅 위에

자연이 차려 놓은 밭, 정직한 대지에서 뽑은 배추와 야채, 과일, 동물,

생태들이 삼라만상 안에 사람들과 함께 공존하며 살아간다.

밥과 김치, 반찬들은 어머니의 정이고 고향의 그리움이고

밥상 위에서 날마다 먹는 한국 사람의 행복한 밥상이다.

오랫동안 천천히, 자연스럽게 야채, 과일에게 색을 주어, 맛을 주어,

행복을 주어, 재창조하여, 미술이라는 행위의 인연으로 행복한

밥상으로 반찬이 되어, 캔버스에 정성스럽게 소중하게 담는다.

사람들과 자연을 사랑하는 마음으로

그림을 사랑하는 마음으로

음식을 사랑하는 마음으로

나 자신이 성장하는 마음으로

행복한 밥상을 감사하는 마음으로 그린다.

(2011, 9월 채영 갤러리 작업실에서 김정미)

2010년 E-mail로 친구 요청이 오면서 Facebook를 처음 하게 되었다. 2008 년부터 퍼스널 미디어 블로그와 그림 카페에서 운영자를 하고 있었다.

영화 '소셜 네트워크(The social net work)'에는 Facebook CEO인 마크 주커 버그의 실제 스토리가 나온다. 페이스북은 2004년 하버드대학 내 인맥 교류 사이트로 출발한 뒤 전 세계적으로 퍼져 나가 가입자가 5억 명을 돌파하고, 현재 사용 국가가 211개국에 이른디. 페이스북을 하면서 나는 사람 공부 제대로 했고, 사람들 사는 이야기, 그림, 글, 사진 포스팅 하면서 드라마에는 시 월드가, 컴퓨터와 스마트폰 안에는 페북 월드가 있다는 것을 알았다. 스마트폰으로 이불 속에서, 길거리에서 전 세계의 사람들과 소통하는 세상이다.

다양한 나라와 직업, 생각, 마음, 성격, 나이, 라이프 스타일 등 커피 한 잔 들고 서핑하고 포스팅 하다 보면, 의자에 앉아서 잠시 사람 여행을 하는 기분이다.

세상에는 글 잘 쓰는 사람이 너무도 많은 것 같다. 연예인, 시인, 화가, 작가, 외국 사람들의 친구 요청이 들어오면서 낯선 사람과의 새로운 인연이 시작되었고, 어설픈 인연은 나중에 악연이 될 수도 있었지만, 운이 좋게도 좋은 사람들을 페이스북 그룹에서 알게 되어 감사하다.

남편은 다양한 미디어를 경험하는 것도 괜찮다며 페이스북 친구들을 같이 만나기도 했고, 하기 싫을 때까지 해보라고 권하기도 했다. 사람 사는 곳은 On이든 Off이든 똑같은 것 같다.

중간에 그만두는 사람도 많고, 새로 시작하는 사람도 많은 것이 페이스북이다. 인테넷과 소셜 미디어를 사용하는 사람들은 하지 않는 사람들보다 우울하지 않다고 한다.

물 먹는 하마처럼 시간을 쏙쏙 빼앗기기도 했지만, 시간 컨트롤을 잘 관리하는 것도 자신만의 능력이고, 과감하게 그만두는 것도, 좋은 그룹에 들어가는 것도 능력이다. 페이스북 때문에 내가 성장한 것도, 화가로 이름을 조금씩 알린 것도 사실이지만, 화가로 시작할 때쯤 페이스북도 나하고 타이밍이 맞았다. SNS를 잘 사용하면 수혜자이고, 잘못 하면 상처받고 소중한 시간 다 써버린다.

SNS는 아주 가난한 사람과 아주 부자인 사람은 안 한다는 얘기도 있다. 나의 담벼락 포스팅에 댓글과 '좋아요!'를 몇 년 동안 계속 눌러 주신 SNS 친구 이름은 내가 꼭 기억하고 있다. 바쁜 시간, 귀한 시간에 댓글 써주고 하는 것은 너무 감사한 일이다. 나는 다른 친구 담벼락에 시간이 없어서 댓글을 거의 못 써주기 때문에 언젠가는 만날 기회가 있으면 페이스북 친구들에게 감사를 전하고 싶다. 그 중엔 만나보고 싶은 친구도 있다.

2010년 페이스북 하자마자 친구 요청과 댓글이 오면서 알게 된, 미국 대학교에서 해부학을 강의하는 동시에 영어 선생님인 케니, 부인이 외국인이라 한국 음식을 못 하는데 나의 파김치와 김밥 그림이 먹고 싶다며, 아줌마처럼 펑퍼짐하게 메시지로 자신의 소개 글과 댓글을 보내 왔다. 처음부터 남동생처럼 너무 편했던 케니, 한국 오면 이 누나가 파김치를 만들어 주겠다고 약속했다. 남동생이 없는 내게 케니는 몇 달 동안 캐서린을 만나서 결혼한 극적인 이야기를 긴긴 글로 자세히 보내왔고, 나를 '누나' 했으면 했다.

한국에 나오면 나를 만나러 온다고 하기에, '옆 동네 가기도 힘든데 시카고에서 뭣 하러 대전 온담?' 혼자 속으로 궁시렁거리며 몇 달 동안 잊고 있었는데, 대뜸 대전에 온단다. 나는 급하게 '앗~, 파김치 먹고 싶다고 했지?' 하고 생각하고는 약속했던 파김치를 꽉꽉 무치고 김밥과 샌드위치를 만들어서 케니 가족을 기다렸다.

대전 기차역으로 마중을 갔는데, 앤드류, 조나단 두 아들을 데리고 두리번거리며 케니가 나를 찾고 있었다. 케니는 프로필 사진 그대로였다. 케니와는 악수를, 캐서린과는 허그를 했다. 멀리서 이렇게 진짜 와주다니…, 촘촘한 댓글들이 믿음이 되었구나…. 부인 캐서린에게 웃는 얼굴이 영화배우 '카메른 디아즈'를 닮았다고 하니 활짝 웃는다. 두 번째 방문으로 케니는 중구문화원에서 나의 그림을 전시할 때 어머니와 여동생을 데리고 관람하러 와주기도 했다. 나는 케니 어머니와 몇 시간 동안 외국 며느리의 재미있는 이야기를 나누었고, 그 다음해에도 케니는 대전에 왔다. 케니 어머니를 두 번째로 병실에서 만났다. 2014년 올 봄에는 캐서린과 처음 보는 셋째 아들 매튜와 함께 5명의 식구가 대전으로 온다고 한다.

내가 그림책을 낸다고 하니 캐서린은 『선물』 그림책 값을 가족 이름으로 넣어 달라며 달러돈을 우편으로 보내왔다.

Thank you for your time.

Thank you for your sweat.

Thank you for your wait.

Thank you for the foods your made.

Thank you for your wonderful hobby!

Thank you for the paintings and prints.

Thank you for friendship.

Thank you so much!

I wanted to say these again or a paper so that I know how much I thank you and you could also read about it. I am happy about your move and all these promotions on Facebook that give the wings on your name Jung Mi, Kim. I love your work, passion and your thoughts, too. Nuna! It's my privilege to have met you and known you. Stay in touch, stay healthy and always stay positive. I love you and Hyungnim and your out world.

I wish the best for your family.

(Kenny Park)

페이스북 친구들이 택배로 보내준 감, 된장, 단호박을 그림으로 그렸고, 2년 동안 음식 그림으로 공모전 5회에 입선했더니, 페북 친구 이장님께서 축하해 주시며 절임배추 한 포대를 보내 주어 시어머님께 선물로 드렸다.

오래된 나의 친구들이 오늘의 나를 만들었고

SNS의 새로운 친구들은 내일의 나를 만들지도 모르겠다.

어쩌다 써버린 댓글 한 줄이 인연으로….

한국 시어머님이 국수를 만들어 준 것을 추억으로 남기고 싶다며

캐서린이 직접 가지고 간 국수와 꽃밥은 캐서린 부엌에….

조나단, 매튜, 앤드류 3형제

캐서린과 함께

2011년 5월 중구문화원 국제 교류전에서 전시했던 '행복한 꽃밥' Acrylic on Canvas 20호.

물, 화전, 얼갈이김치, 굴비, 꽃밥, 꽃수저.

허브랜드에 처음 방문했을 때 꽃밥이 나와서 행복한 밥상을 차려 봤다.
밥그릇 안에는 '사랑의 기억'이라는 글씨가 쓰여 있었다.

친구가 결혼 전에 좋아했던 남자를 생각하며 폭풍 눈물을 흘리기에

Jung mi: 내가 그림하고 글을 만들어 줄게….

사랑의 기억

당신은 지금 제 곁에 없지만
나는 당신을 항상 기억합니다

알람 소리보다 당신의 생각으로 깨어나는 날이 많았습니다.

김치를 담글 때도…
생선을 손질할 때도…
쌀 씻는 소리에도…
저녁에 잠들 때까지도 당신 생각뿐입니다.

하루 종일 기도드립니다.
사랑 이상의
가장 좋은 것을 나에게 주었던 당신

당신이 맛있게 먹어 준 김치…
매번 김치를 먹을 때도 당신을 잊을 수가 없습니다.
나에게 많은 밥을 사주었던 당신
숟가락을 들 때마다 매번 당신이 그립습니다.

밥상 건너편

아무 말 없이 묵묵히 국물을 떠먹는 당신

내가 생선을 발라 주려고 할 때

벌써 내 밥 위에 생선 살점이

꽃잎이 되어 놓여 있습니다.

생선도 알고 있었을까요

나의 마음을….

당신은 지금 제 곁에 없지만

제가 느낄 수 있습니다.

이것이 사랑이라는 것을 알았습니다.

단 한 순간이라도

당신에게 최선을 다하고 싶었습니다.

당신의 사랑 속에 제가 존재합니다.

저는 당신의 꽃잎이 되어

오늘 이 세상을 떠나도 행복합니다.

당신의 사랑을 기억합니다.

밥상머리에서 남편과 족발을 뜯어 먹으며
몇 마리 흘린 새우젓도 손으로 주워 먹는다.
족발 하나씩 들고 모양새가 참 거시기하다.

지금 내 앞에서 돼지 발바닥 뜯고 있는 당신은 누구신가요.
부부의 인연으로 기나긴 여정을 같이 가고 있는 당신은 누구신가요.
집 밥이 좋다며 하루 세 끼를 꼬박 같이 먹어야 한다고….

Jung mi: 20년 넘게 밥만 하는 월급도 못 받는 식당 아줌마 같아!
            내가 당신 간식, 후식, 입가심까지 2만 끼 넘는 밥상을 차린 것
            같아!

남편:　　　난, 단골식당에 있는 것 같다.

　　　　　여보시게~, 식당 아줌마! 족발 뜯었더니 느끼하군!

　　　　　삭힌 고추 갖고 오시게~.

Jung mi:　거보시오~, 여보와 당신 뜻이 뭐게?

남편:　　　무엇이냐?

Jung mi:　여보는: 보배와 같은 소중한 사람이란 뜻.

　　　　　당신은: 자신의 몸처럼 사랑해야 할 사람이라는군.

　　　　　나한테 여보나 당신이란 소릴 왜 안 하는 거지?

남편:　　　나중에…, 나중에…,

　　　　　나중에 틀니를 껴서라도 돼지 발바닥은 계속 먹어 줘야겠다.

　　　　　얼큰한 삭힌 고추랑 맛있구나.

꽃잎 달고 붉은 노을을 바라보고 있는 노가리

노가리 새끼들:　우리 노가리는 엄마가 명태예요. 한 번에 많은 알을 까
　　　　　　　는 것과 많은 말을 하는 것을 비유로 말하지요.
　　　　　　　잡담, 뒷말, 농담, 거짓말도 포함되어 있는
　　　　　　　속된 표현으로 '노가리 깐다'라고 해요~.

　우리 노가리는 다 듣고 있어요! 누가 무슨 말을 했는지 사람들의 시끄러
운 소리에 붉은 노을을 바라보며 훨훨 날아가고 싶어요. 노가리 그만 까요!
아잉~.

솥단지 안에 고구마 꽃이 피었다.

100년 만에 한 번 핀다는 뜻에서 행운을 주는 길조화로 알려진

고구마 꽃은 춘원 이광수가 '백년에 한 번 볼까 말까 하는 꽃이다'라고

칭했을 정도로 보기 힘든 꽃이라고 기록되어 있다.

190

추석 때 둥근 보름달에게 소원을 빌며

속을 넣고 꼭꼭 마무리해야 하는 송편

완성되기 전에는 둥근 보름달

완성된 후에는 반달

둥근 달은 하루면 소멸되지만

반달은 계속 채워지고 커져

내일의 희망을 빚는 송편

송편 속에 '마음'을 담아

솔잎 위에 얌전히

부엌은 여자들의 독점인가 휴식인가 귀찮은 곳인가.

아침에 일어나 수도꼭지를 틀며 나지막하게 쌀을 씻는다.

라디오의 음악과 수돗물 소리로 하루를 시작한다.

구수한 된장찌개와 콩나물 한 움큼

오늘은 굴비 한 마리로

칙칙칙~, 압력밥솥 안의 밥 냄새가 뭉클거린다.

195

2012년 11월 만추의 나의 생일날 흰색 고양이 한 마리를 입양하게 되었다. 이 날은 전주에 사는 나의 친구 선화도 올라와 동물 보호소에 같이 가주었다. 원래는 다른 고양이를 데리고 오기로 했는데 생일 이틀 전에 죽어서 다른 고양이를 대신 데리고 왔다.

선화:　　　너랑 인연이 되려고 그랬나 보다.

선화도 4번이나 파양을 한 강아지와 함께 10년 넘게 가족처럼 잘 지내고 있다.

선화:　　　행복한 가족의 구심점이 되기도 해.
Jung mi:　　너는 강아지를, 나는 고양이를 패밀리로 추가다.

동물 보호소에서 4개월 동안 머무른 고양이를 처음 본 순간
몇 년 전에 그린 변기통의 흰색 고양이와 똑같아서 깜짝 놀랐다.
에그머니나, 화들짝~, 그 많은 고양이 중에…, 백설이가 나의 그림하고 똑같아!

집으로 데리고 오는 차 안에서 백설기같이 하얀 고양이를 '백설이'라고 이름 지었다. 백설이랑 나는 처음으로 만나는 것이라 불안했다. 아프면 어떻게 하나, 사람들을 할퀴지는 않을까, 아무 데나 똥, 오줌 싸지 않을까, 너무 설쳐 대서 가구나 의자에 스크래치를 하지 않을까, 얌전한 고양이가 부뚜막에 진짜로 올라갈까?

백설이: 나를 또 버리지 않을까, 싸우는 집안은 아닐까,

　　　　부잣집은 아니어도 좋으니

　　　　행복한 집에서 살고 싶어, 병들었다고 캄캄한 밤에

　　　　집 밖으로 몰래 내던지지 않을까…. 그것이 알고 싶다, 야옹~.

선화 : 　백설이야! 너무 걱정하지 않아도 된단다. 4명의 가족들이 너를 행

　　　　복하게 잘 돌봐 줄 거야! 작업실에는 그림도 많아! 너는 갤러리 주

　　　　인이 될 거야!

　　　　정미야! 백설이를 잘 부탁한다.

　　백설이야, 너의 몸짓이 지치고 슬퍼 보여…. 이제 여기서 쉬어라.

　　누군가 너에게 백설이라고 이름을 부르면, 너의 인생이 시작되는 거야.

Jung mi: 악수하자! 너의 핑크빛 발바닥을 만지고 싶어.

백설이: 나의 발을 만지는 것은 싫어요. 머리와 턱을 만져 주세요.
이제 휴식하고 싶어요.

밥을 잘 챙겨 주니 부뚜막에는 전혀 올라가지 않았고 그림 그리는 캔버스
도 돌아서 걸어가며 밟지 않았다.

이런 매너 있는 백설이!

백설이는 눈치가 빠르고 사람들을 좋아하나, 하루 종일 많은 시간 잠도
폭신하게 잔다. 창가에 앉아 홀로 있는 시간이 오롯하다. 남편이 만든 도자
기를 백설이 밥그릇으로 사용했고, 화장실은 나무로 만들어서 깨끗한 모래
를 넣었다. 사료 캔을 인터넷으로 주문하고 하얀 그릇에 깨끗한 물을 날마
다 갈아 주었다.

백설이는 조용하고 평온하게 1년 넘게 잘 지내고 있다.

백설이: 어무이…, 입양에 감사해서 보답하고 싶어요, 야옹~.

Jung mi: 보답하지 않아도 돼, 나도 너 때문에 행복하다, 나도 고맙다.
너와의 인연의 선물이야.

백설이를 안고 내려오는 중에 휙~, 고개를 돌려 보니 동물 보호소 바로 옆
에 '그림을 마시다'라는 갤러리가 생겼다. 저기서 백설이 그림 전시하면 백설

이가 참 좋아하겠다 생각하고 왔는데, 정말 몇 달 후에 개관 초대전에 초대되어 추운 겨울 혼자 있는 빨강머리 앤을 백설이가 따뜻한 집으로 초대해 같이 독서하는 그림을 '그림을 마시다'에서 전시하게 되었다.

중성화 수술을 위해 우리 가족은 각자 용돈을 탈탈 털어서 병원비를 보탰고, 성민이는 택배 창고 파트 타임 아르바이트에서 받은 몇 만 원의 돈으로 설이의 캔을 한 박스 샀다.

남편: 백설이는 동물이 아니라 우리 집 막내다.

　유빈이와 성민이는 무릎에 몇 시간씩 자고 있는 설이를 깨우기 싫어서 꼼짝 않고 책상에 앉아 있기를 자주 했다. 백설이 온기가 너무 따뜻하다고, 털이 무진장 보드랍다고 한다. 이것이 새로운 가족에 대한 작은 사랑인 것 같다.

　백설이는 성격도 온순하고 창가에 한참을 앉아 사색도 한다. 새색시처럼 다소곳하게 앉아 대소변을 보고 있는 백설이를 살금살금 몰래 훔쳐보았더니 아기 같았다. 1년 동안 대소변도 실수하지 않았고 걸음걸이도 반듯했다. 기다란 꼬랑지는 정말 예술이다. 나는 매일매일 백설이를 관찰했다.
　웅크리고 잠자고 있는 백설이 꼬랑지를 길게 펴서 재어 보니 30cm였고, 앞발로 몸에 묻은 먼지를 털고 까칠한 혀로 자주 핥았다. 백설이가 잠자고 있으면 그림으로 그렸고 나도 휴식했다.

　가끔은 배추도 씹어 먹고, 오이도 상추도 수박도 먹는다.
　홀로 고요히, 너무 가깝지도 않게 멀지도 않게, 자기만의 세상 속에 잠과 함께 몇 시간씩 깊은 침묵을 한다. 아침에는 백설이가 나를 매일 일찍 깨운다. 백설이 때문에 나는 더 부지런해졌고, 털 때문에 청소도 더 많이 하게 되었지만, 전혀 귀찮지 않다.

등 돌리고 잠자고 있는 커플 조기

백설이가 잠시 사람이라면…, 딱 30분만 대화해 봤으면…, 이런 생각을 물끄러미 자주 한다.

남편과 싸우고 등 돌리고 잠자고 있는 그림을 조기로 그렸는데
백설이가 그림 감상 중…, 끙.

빨강색 스카프를 목에 두르고 보석보다 빛나는 흰색 털을 날리며 초록색 잔디에서 토끼처럼 껑충껑충 뛰어가는 상상을 한다. 백설이는 우리 가족의 휴식이고 행복이다. 백설이도 그렇게 생각했으면 좋겠다. 길고양이는 로드

킬과 쓰레기의 짠 음식, 영양실조로 평균 4-5년을 살고, 집고양이는 평균 15년을 산다고 한다. 언제까지 나의 인연이 될지 알 수 없지만, 같이 있는 동안은 백설이가 행복하게 살았으면 좋겠다. 정말 그랬으면 좋겠다.

처음부터 그림을 그리려고 데리고 온 것은 아니었다. 백설이를 입양하기 몇 달 전에 친구 집에 놀러 갔다가, 그 집 고양이를 보고 나도 바쁘고 할 일이 많았지만, 이탈리아에서 살고 있는 페이스북 친구도 입양을 해보라고 여러 번 댓글로 얘기하던 중 타이밍이 맞았던 것 같다. 이제는 그렇게 관심 없던 길고양이도 자주 쳐다보게 되었고, 다른 집을 방문할 때는 강아지와 고양이가 있는지 살펴보게 되고, 그 집에 사무실에 그림이 걸려 있는지 안 걸려 있는지 담벼락에 시선이 먼저 가기도 한다.

백설이를 보면 휴식하고 싶어지고, 콩자반처럼 까만 눈동자 테두리의 연초록 오이 색깔이 소우주같이 보였고, 나에게 많은 깨달음과 변화가 시작되었다.

2013년 8월 31일 핸드폰이 책상에서 우연히 툭~ 떨어지면서 내 핸드폰에 몇 명이 있는지 가나다순으로 한참 동안 살펴보게 되었다. 10년 이상 한 번도 안 만난 단골손님부터 며칠 전에 만난 지인 분한테까지 한 명씩 안부 전화를 하면서, 50년 히스토리 『선물』을 준비하고 싶다고, 자전적 에세이 그림책을 만들어 보고 싶다고 말씀드렸다. 100명 넘게 물어보니 한 명도 거절 안 하고 모두 사보겠다고 하신다.

4개월 후인 2014년 50살에 낼 50년 성장 스토리 음식 그림책 『선물』을 선주문 받아 핸드폰에 저장된 사람들과 행복한 밥상 프로젝트를 준비했다. 은행 시간 마감 10분 전에 은행으로 뛰어가 내 이름으로 15,000원을 넣고 통장을 만들었다. 미리 생각한 것은 아니었고, 순간적으로 생각해 낸 플래닝(planning)이었다.

"한 사람의 꿈은 꿈으로 남지만, 많은 사람들의 꿈은 현실로 남는다."

(징기스칸)

9월 1일부터 11월 말일까지, 1권부터 10권까지, 3살부터 70대까지, 대학생부터 대리님, 사장님, 회장님까지, 제주도에서 미국까지, 아직 한 번도 만나지 않은 SNS 친구까지(총 170여 명 4,840,000원) 선주문을 해주셨고, 12월 10일에 서울 금천구 가산 디지털에 있는 출판사 '북랩'(Book Lab)과 계약을 했다.

남편: 북랩에서 출판하자!

축하 전화와 문자까지 보내 주셨다.

내가 제일 먼저 입금시킬 거야!

퐈퐈퐈퐈이팅 하세요~!

멋지세요!

15,000원 아깝지 않을 것 같아요.

힘내세요, 힘!

대박!

널 믿지~~!

너무 좋은 아이디어야!

정미답다!

축하금도 보냈고요. 책은 몇 권만 주서도 감사히 받겠습니다. 파이팅!

언제나 발전하는 모습 너무 좋고 진심으로 축하드립니다.

팬으로 응원하겠습니다!

어떻게 그런 기발한 생각을 하셨어요~?

대단하세요! 그림에 이젠 책까지. 저도 프로젝트에 참여하겠습니다.

책값 송금했어, 나중에 좀 더 보내 줄게, 좀만 기다려, 되는 대로 조금이
라도 보낼 테니.

첫 그림책 축하드려요. 앞으로도 더 행복한 일들 많아지길 바래요.

요즘 세상에 믿음을 얻었으니 이미 책 나오기 전에 성공입니다.

미리 돈 받는 것도 능력이고 신용입니다.

50년 동안 잘살았다, 이렇게 미리 돈을 받다니. 너무 고마운 분들이다. 나
도 송금할게!

50살 인생 값 15,000원. 너무 싸요~.

백오십만 원도 아니고 15,000원? 기꺼이 참석하겠습니다.

기대 만땅~! 행복하시고 저도 바로 송금할게요!

시간의 소중함을 실천하는 화가님!

저한테 연락 주셔서 감사합니다.

사랑과 응원의 마음으로 멋진 프로젝트!

힘내! 나는 5권 예약!

잘되셨으면 합니다. 항상 뒤에서 조용히 응원할게요.

왠지 그림책이 재미있을 것 같아요.

차례 순서 없이 중간부터 읽어도 될 것 같은 생각이 들어요.

저에게 신선한 자극을 주어서 감사해요.

벌써 50살이에요? 말도 안 돼요^^, 50이라니용~~^^.

많은 사람으로부터 사랑받는 책이 되길 바랍니다.

좋은 내용이 멋진 책으로 나오려나 봅니다.

빨리 보고 싶어집니다.

사랑받는 책과 한층 더 업(up)된 작가님의 작품 기대해 봅니다.

수고 많이 했어요. 대박 나시길~!

50살의 삶에 남다른 의미를 찾으셨네요, ㅎㅎ.

어서 갖고 싶은데요, 김작가 님! 선주문한 책에 사인 꼭 부탁해요!

예술가로 달란트 많으셔서 부러워요. 요즘은 힘든 영혼들 넘 많아요.

그들에게 멋진 화가로서 그림으로 치유를~!

정말정말 축하드려요. 이 프로젝트가 잘 이루어지길 빌겠습니다. 신의 축복이….

영광입니다, 프로젝트에 참석하겠습니다!

내가 50년 넘게 살아오면서 배병현, 김정미 같은 사람 처음 만나요.

왠지 잘될 것 같은 예감이 들어요!

몇 년에 한 번씩 나에게 신선한 충격을 주는군요!

남극에서 마지막 생존자로 남아 펭귄 그림을 그리고 있을 것 같아요.

똑똑한 지식이 살아남는 게 아니라 의식의 변환!

게을러지고 있던 나에게 쐬기침을 가하네~. 넘 좋다!

미친 열정으로~!

장대한 작업이 힘들었을 텐데…. 파이팅입니다.

이렇게 완성되려고 그동안 수많은 그림을 그렸구나….

특이한 그림책이 될 듯…. 히트 예감!

131번째 입금자…, 131,000개 책 팔리기를…!

시간과 정성, 노력 그리고 열정의 열매가 가지가 휘어지도록 맺히길 기원
하며….

기대 10000땅! 입금했어요. 전화 주셔서 감사해요. 그리고 멋진 샘 원하시
는 바 잘 이루시길

바랄게요. 파이팅~~^^!

서재에 또 한 권의 작품이 늘어 좋은 기분입니다.

엄마…, 대다나다…, 파이팅!

내게 좋은 일이 전혀 없어도 당신에게 좋은 일이 있는 모습 보는 것은 넘
좋아요.

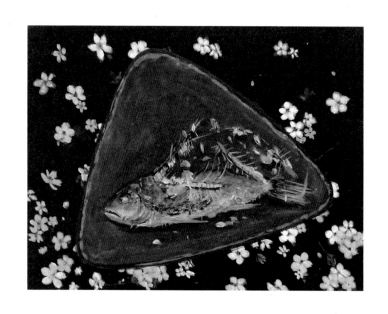

한 발짝 한 발짝 걸을 때마다…

한 발 더 살아가는구나….

한 발짝 다리 옮길 때마다…

우리의 끝은 항상 '그 자리'

사랑하는 사람과 있었던 '그 자리'

가족들과 웃었던 '그 자리'

열심히 일한 곳 '그 자리'

친구들과 놀던 '그 자리'

SNS 친구들의 수많은 댓글들 '그 자리'

화가 샘님들하고 수다 떨던 작업실 '그 자리'

후회하지 않는 곳 '그 자리'…

오늘도 많이 걷고, 많이 웃고, 많이 사랑하자.

"무엇인가를 간절히 바라면, 온 우주는 그것이 실현되도록 돕는다."

(파울 코엘료)

정미에게!

시냇물에 발을 담그면

작은 물고기들의 속삭임들이 간지럽힌다.

그 유연한 몸짓들을 좇아

아직도 사랑의 전율이

등줄기로 흘러내리는데

강물처럼 시간은 흐르고

마치 새롭고 첫 물을 마시듯

살아 있음으로 느끼는 기적들에 감사하며

오늘도 기쁨으로 시간을 나눈다.

가장 행복하기 위하여 친구의 그림책 『선물』을 통하여

아주 많이 사랑한 감동의 이야기들이

친구들과의 나눔이 기적처럼 이루어지길 기원한다.

2014년 1월 50살이 되는 사랑스런 오랜 벗 정미에게

수정이가

정미에게!

겨울은 큰 대문을 열어 놓고 기다리듯이 추운 발걸음을 재촉하는구나.

유난히 가을을 좋아하는 너!

식을 줄 모르는 열정이 드디어 50살에 참 일 한 번 잘 냈구나!

역시 정미다!

작업실에서 너를 만나고 돌아오는 길엔 너를 통해 다시 나의 거울을 들여다본다. 무작정 부만 쫓아가는 세상에서 참 행복이 무언지를, 세상에 가진 것을 부끄럽게 만들 줄 아는 너의 가족을 통해 보면서 부러움이란 것을 가져 본다.

지치지도 않고 부지런히 살아가는 너를 보면서 세상의 문은 항상 너를 향해 열려 있었다는 듯이 너를 반겨 주었구나.

너의 열정과 재주를 부러움으로 바라보기엔 마음 한 켠에서는 늘 아쉬웠고 안타까웠는데, 진정한 기회인 하늘에서 준 선물을 네가 미리 받을 준비를 하고 있었구나.

정미야!

이름이 같아서 좋았고 대화가 통해서 좋았고 늘 나를 다시금 돌아보는 채찍을 줘서 좋았던 너에게 찬사를 보낸다.

2014년 1월의 아름다운 날에 50살과 그림책 『선물』을 축하하며…,

정미가 정미에게~~

〈친구…, 자연이 탄생시킨 걸작〉

친구란 자기 속마음을 터놓을 수 있는 사람을 말한다. 그의 앞에서는 생각하고 있는 바를 말할 수가 있다. 친구를 만났을 때, 한 개인은 비로소 거짓이 없는 자신과 동등한 인간을 만나게 되었으므로, 이제껏 옷처럼 몸에 걸치고 있던 위선, 예의, 숙고까지를 벗어던져 버릴 수가 있다. 그리고 두 개의 분자가 화학적 결합을 하게 될 때처럼, 단순한 한 개의 전체가 되어서 그와 응대할 수가 있다.

마음을 터놓는다는 것은 왕관이나 주권과 마찬가지로 최고의 지위에 있는 자에게만 허용되는 사치이며, 그것은 상대방의 기분을 맞추는 것이나 상대에게 영합하는 것이 아니라, 실을 말하는 것이다. 혼자 있을 때에는 누구나 자기 자신에게 거짓말을 하지 않는다.

친구는 자연계의 역설적인 존재다. 나와 똑같은 인간은 이 세상에 한 사람밖에 없다. 자연계에서 나의 존재와 똑같은 확실한 것은 찾아낼 도리가 없다. 그러나 고결함도, 성격도, 괴짜인 부분까지도 비슷하면서 나와 전혀 다른 모습의 사람이 바로 내 눈앞에 앉아 있다. 이러니 친구야말로 자연이 탄생시킨 걸작이 아닌가. (에머슨)

20대에 명동에서 직장 생활을 할 때, 퇴근하고 10시까지 종로에서 명화 그림을 카피하는 취미반 화실에서 처음 만난 화실 친구 선화! 어릴 적부터 그림을 좋아해 미대에 가고 싶었던 이 친구는 학교 다닐 때 많은 미술상을 탔지만, 직장을 선택하며 아쉬움이 컸던 듯했다.

어쩌면 평생친구를 만나기 위한 운명 같은 화실이었다.

사람은 어느 장소에서 누구를 만나느냐에 따라 그 사람과의 인연이 시작되는 것 같다.

그래서 누구를 만나든 불친절하면 안 된다. 명화 그림처럼 질리지 않고 지루하지 않고,

만나면 만날수록 끊임없는 인생 이야기와 미래에 대한 꿈을 간직하며 지내는 친구.

수십 년의 세월이 지나도 계속 만나 보고 싶은 명화 같은 친구.

우리 가족 자기네 가족 따로 생각하지 않고 똑같이 사랑해 준 친구.

우리 아들 성민이를 두 번째 아들로 삼고 싶다는 친구.

엄마한테 말하지 말라며 몰래 용돈을 주고 가는 친구.

내가 저녁 준비할까봐 삼겹살과 상추, 후식, 과일까지 싸들고 오는 친구.

가끔씩 택배로 툭툭~ 힘내라고 비타민, 옷, 두릅 한 상자,

한겨울에는 목도리와 따뜻한 스웨터를 보내 주는 친구.

내가 어려웠을 때 통장에 살포시 천만 원을 송금해 준 친구.

20대에서 지금까지 오랜 세월 우정을 실천하는 친구.

어떠한 선택을 해도 항상 "난 네 편이야!"라고 말해 주는 친구.

내가 10년 후 미래에 어떤 생각을 할지까지 잘 알고 있는 친구.

나에게로 오는 터미널에서 보낸 선화의 문자:

친구에게 가는 여행

나 그거 안다.

혼자 가서 더 좋은 여행

추워도 따뜻한 여행이지.

난 늘 친구에게 가는 여행이 설렌다.

터미널서 떠나가기 전

버스는 왜 그리 미적거리는지

우리 서로에게 여행을 떠나자.

그림책 프로젝트에 가장 먼저 『선물』 10권을 주문해 주며

내 통장에 제일 먼저 자기 이름 찍혀야 한다고 기쁘게 송금해 준 친구.

메일로 축하의 글을 보내 왔다.

정미!

싸늘한 기운에 이불깃을 끌어당기는 새벽이 정신을 깨운다.

어느새 우리가 그 화실부터 지금 여기까지 와 있구나….

너는 네 길로 바쁘고도 힘차게 참 잘도 걸어간다.

친구는 거울이라는데, 늘 나를 가다듬고, 돌아보고, 반성이라는 회초리와

다짐과 실천이라는 숙제의 무게를 너를 통해 느낀다.

내가 힘들 때 의식처럼 네게 다니러 가며, 돌아오며 느끼는 가슴속의 꽉

찬 따뜻한 그 덩어리… 세상에 가장 소중한 친구를 주신 그분께도 감사의 기도가 절로 드려진다.

치열하게 살면서도 늘 미소를, 따뜻한 눈빛을 잃지 않으며 넉넉한 헤아림으로 서로를 감싸 안는, 어느 누구보다 행복지수가 높은 너와 가족들.

푸근하고 넓은 너의 세계는 지구인을 다 품어도 남을 듯하다.

늘 넘치는 에너지와 열정으로 주변에 행복을 옮겨 주는 나의 친구!

누구든 너의 영역으로 들어가면 종교의 그것처럼 정화되어 다시 내일을 사는 힘을 얻어가게 될 거야.

좀 더 나눌 수 있는 또 다른 방법을 찾은 친구에게 찬사를 보내며, 너의 세계로 초대된 그들이 옮겨온 행복을 또 다시 나눠 주기를 바라며, 미력한 응원으로 지지를 보낸다.

친구야! (전주에서 선화가)

두릅 한 상자를 보내 줘서 그림으로 남겼다.

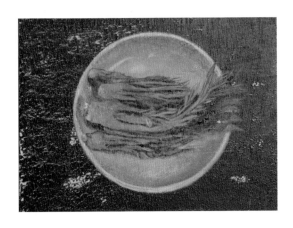

선화가 잉크로 그린 '할아버지' 작품이다.

〈나의 친구 선화에게〉

이 세상은 정직하고 착하게 사는 사람들 때문에 그나마 세상이 돌아간다고 말하는 친구.

친절한 금자씨보다 더 친절하게 정보를 알려주는 스마트폰보다 더 스마트한 친구.

우정을 실천하며 희망을 주고 있는 친구.

나에게 자동차는 없지만 내 인생의 내비게이년!

노후에 남편과 함께 그랜드캐니언 여행 간다고 하기에…,

Jung mi: 내비게이년! 그랜드캐년! 누구랑 간다고?

선화: 내비게이놈! 데리고 가야지!

친구는 진실을 말하는 사이다.

아무리 바쁘고 중요한 일이 많아도, 달리기하면서도, 세탁기에 빨래를 넣는 그 순간에도, 책장 넘기는 그 찰나에도 우정을 나눌 시간은 있다.

선화: 갑자기 휙~ 여행 가고 싶을 때 아무 때나
            갈 수 있는 네가 있어 좋다.

Jung mi: 나 잘살게 만들어 줘서 고맙다. 나에게
            주신 '선물' 나의 인생 내비게이년!

정미와 선화

오래 전 실장님, 그리고 이제는 나의 미술 선생님….

가늘고 길게 유지되어 가고 있던 실장님과 인연의 불씨를 당긴 그림….

혜진이와 우리 집 앞 커피숍에서 2012년 가을에

제가 22살이었죠? 실장님과 저와의 첫 만남 말이에요.

말수 없는 저랑 성격이 비슷하고 에너지 넘치게 일했던 실장님!

항상 웃고 재미 있으셨던 배 사장님…. 항상 그 모습 그대로 평생 갈 것 같았던 시간이 흘러 흘러 중년이 되어, 실장님은 50살이 되고 저는 37살의 아기 엄마가 되어 있네요.

전 다 기억이 나요. 그 바쁜 생활 속에서도 실장님은 하던 일을 멈추고 손님이 와도 데생을 배우러 다니며 그림에 대한 열정을 키우시던 순간들이요.

실장님이 오래 전에 그렸던 누렇게 바랜 '시청 앞에서의 키스' 드로잉도 그렇고…, 메이크업 패턴 지의 여자 얼굴에 색조 화장을 해주며 생기를 불어넣으시던 순간들… 별것 아닌 메이크업과 속눈썹이 전 왜 그리 안 되는지…, 그때도 그러셨던 것 같아요.

"혜진아! 손에 힘을 빼고 이렇게 해봐!"라며 지금처럼 친절하게 알려 주셨지요. ^^ 그럼 전 이렇게 말했어요. "왜 저는 이렇게 안 되죠?"

어쩜, 그때나 지금이나 똑같네요~. 결혼하고 아이 낳고 한참 힘든 시간에 찾은 실장님의 작업실을 보고 제가 얼마나 놀랐는지 모르시죠?

워낙에 리액션(reaction)이 약한 저라서 표현은 못 했지만 뭐랄까…, 나에게 있어 흘러가는 시간은 결과물이 그저 그런 시간인 듯했는데, 실장님 시간은 시간의 소중함과 함께 빛을 발산하고 있다는 느낌이요….

담벼락에 가득 찬 그림들과 눈이 반짝반짝 빛나는 실장님의 얼굴. 그때 선뜻 제가 말했지요.

"실장님! 그림 그리고 싶어요!"

그러자 실장님께서 살아가면서 그림이 인생에서 왜 중요한지 자세히 설명하시면서, 좀 더 잘 그리고 싶은 욕심이 생기면 문화 센터나 복지관 또는 화실에서 좀 더 배워 보라고…. 저의 부탁에 거절 안 하시고 바로 승낙하셨을 때 전 당연히 좋았어요. 정말 좋았고말고요.

그렇게 2012년 여름부터 시작한 실장님과의 색칠 공부, 학교 졸업하고 처음 잡아 보는 붓과 물감, 붓통, 팔레트, 4B펜슬, 스케치북, 드로잉 책, 화가들의 자서전, 미술 이론 책, 한 개씩 제 공간에 쌓일 때마다 뭔가 새로운 것을 배운다는 느낌.

새로운 세상에 흥분을 느껴 보기도 얼마 만인지, 너무너무 재미있고 신나고 소중한 결과물이 나올 때마다 남몰래 기뻐했지요.

실력이 중요한가요, 뭐~? 무엇인가를 한다는 것이 중요한 거죠. ^^

이런 마음으로 그림을 그리니까 우울하던 기분도 없어지는 것이, 힐링이 뭐 별건가요? ^^ 앞으로 그림으로 힐링하렵니다. ^^

그런데 요즘은 욕심이 생겨요. 좀 더 잘하고 싶고 모작을 해도 똑같이 해내고 싶고, 더 많은 시간을 투자하고 싶은 시간들…. 그림 그리는 시간이 아깝지 않아요. 하지만 서두르지 않으려고요. 실장님처럼 꾸준히 오랫동안 한 우물을 파보려고요. ^^

감사합니다.

저와의 인연을 이어가 주셔서.

저만의 힐링 코드를 찾게 해주셔서. 늘 한결같은 마음을 보여 주셔서.

혜진이가 집에서 혼자 그린 습작 그림

기대합니다.

60살이 되어도 열정으로 빛날 당신의 모습을.

지금과 같은 소녀의 감성으로 세상과 소통하기를.

항상 지금처럼 제 곁에 있어 주기를요.

실장님은 그림을 진짜 사랑하는 화가입니다.

하늘이 엄마 혜진이

혜진아!

오래 전에 작은 화장품 가게가 대학 졸업하고 너의 첫 직장이었는데, 우리가 상황이 안 좋아서 그만두게 한 것 미안했다. 그래도 15년 동안 나에게 항상 인사를 하러 찾아올 때면 고마웠어.

내가 그때 혜진이 면접 볼 때 제대로 잘 봤지… 아마도 너랑 이렇게 오랜 인연이 되려고 그랬나 보다… 손님들한테 화장도 잘해 주고, 네일아트도 잘하고, 손님들이 혜진이를 많이 좋아했어.

우리 가게 그만두고 10년 동안 프로 헤어디자이너로 성장하고 결혼도 하고, 예쁜 하늘이도 낳고 여전히 담대하고 조용한 네 모습이 좋다. 15년 전 첫 인상이나 지금이나 너답다. 난 너를 만나면 힐링이 된다. 깨끗한 옹달샘을 바라보는 기분이야.

실장님은 화장품하고 향수 안 살 것 같다고, 비싼 향수랑 화장품 선물 사줘서 고마워. 내가 49살 세례 받은 날 커다란 이젤 사줘서 고마워. 화가에게 이젤이 필요했건만, 이제야 네 덕분에 커다란 이젤에서 그림을 그린다.

네가 화방 가서 한 보따리 물감 산 것을 보고 해낼 것 같은 생각이 들었어. 그래도 생각만 하고 안 하는 것보다 낫지? 오직 실천하고 행동하는 사람만이 세상의 선두 주자가 되는 거야. 오늘 라디오에서 그러더라, 평생 행복하게 살려면 모든 것에 대하여 정직하게 살라고…. 항상 정직하고 담대한 네 모습, 내가 너에게 배운다. 앞으로 내가 50년 더 산다 한들 너 같은 사람 못 만날 것 같다.

그때 할까 말까 머뭇머뭇했더라면 오늘처럼 이런 그림을 그릴 수 있었겠니…? 유빈이 여름방학 때 하늘이랑 마당에서 김밥이랑 과일 먹으며 혜진이가 타주는 커피 마시며 그림 그릴 때 참 좋았어. 일주일에 한 번씩 나만의 섬으로 여행을 가는 기분이었지. 오래 전 손님들 때문에 내가 바빴을 때, 유치원생인 유빈이 잘 봐줘서 정말 고마웠어. 유빈이가 벌써 대학생이 되어, 15년 후에 유빈이가 하늘이를 보게 되는구나. 혜진이는 나에게 고맙다고 하는데, 나한테 고마워하지 않아도 돼….

나는 너에게 이렇게 그림으로 보답하게 할 기회를 줘서 내가 더 고맙다.

혜진이랑 마빡~ 맞대고 4B펜슬로 선긋기를 시작으로, 처음부터 배우는 마음으로 나도 너랑 같이 초심으로 다시 시작한다. 가르치는 것은 나 스스로에게 배움이기도 해.

혜진아! 처음에는 그렇게 그림을 못 그리더니, 어느 덧 이렇게 예쁜 그림을 혼자서 그려 내다니… 혜진이 닮아서 색깔도 예쁘다. 내 그림은 온통 반찬 냄새뿐이다. 팸플릿하고 미술 책자를 참고하더라도, 처음 시작할 때는 그대로 베껴~.

나도 그렇게 시작했어! 그림 잘 그리지 못해도 상관없어. 시작했다는 것이 항상 중요한 거야. 그림은 손으로 먼저 그리는 게 아니라, 관찰력과 집중력이 많이 필요해.

오래 전 내가 처음 4B펜슬을 들었을 때가 새록새록 생각나는구나. 종이컵 한 개를 4시간이나 그렸는데…, 그런 날이 있었기에 오늘이….

그림은 이렇게 사람과 사람의 인연을 다시 만들어 주네. 15년 뒤에 나는 65살, 혜진이는 50살이 넘고, 유빈이는 혜진이 나이 37살이 되고, 3살 하늘이는 고등학생이 되어 있겠다. 그때도 김밥 싸들고 미술관 다니자.

하늘이의 왼손과 나의 오른손의 만남

50년 동안 힘차게 사용했던 나의 오른팔, 3살짜리 왼손잡이 하늘이가 서툴게 물감 칠하는 것을 보고, 다음날부터 나도 바로 왼손으로 서툴게 그림도 그려 보고, 문자 보내고, 화장을 하고, 냉장고 문을 열고, 양치질을 하고, 왼손으로 주걱을 들고 밥을 퍽~ 퍼내고, 숟가락을 들고, 커피 잔을 들었지…. 그래, 오른팔이 아프면 왼손이 있었지…. 그래서 하느님은 사람에게 두 팔을 주셨나 보다.

이제는 왼손으로 5분 만에 화장을 할 수 있단다. 언젠가는 나보다 혜진이가 그림을 더 잘 그릴 수 있을지도 몰라, 너의 감각과 느낌을 아니까…. 혜진이가 그림을 잘 그릴수록 나는 진짜 기쁘다. 그림을 그리려면 끝없는 인내심과 기다림과 아주 친해야 해. 한 점의 그림이 완성되었을 때 세상을 얻는 기분이 될 거야. 힘들기도 하지만 그만큼 행복을 주는 것 또한 그림이란다.

돈키호테의 명언처럼 멋지게 살자!
이룰 수 없는 꿈을 꾸고 (Dream the impossible.)
이루어질 수 없는 사랑을 하고 (Do the impossible love.)
이길 수 없는 적과 싸움을 하고 (Fight with unwinnable enemy.)
견딜 수 없는 고통을 견디며 (Resist the irresistible pain.)
잡을 수 없는 저 하늘의 별을 잡자. (Catch the uncatchable star in the sky.)

배우는 특권을 지닌 것은 오직 인간뿐이다!

잡을 수 없는 별은 물감 콕콕~ 묻혀서 그림으로 그리자~.

혜진아! 너의 꿈을 별들에게 말해 봐! 우주는 너와 아주 가까운 곳에 있어.

절대적으로 믿어 봐! 꿈을 이루지 못하는 이유는 오직 단 한 가지, '포기'
란다.

'천천히, 꾸준히 해볼 거야!'가 기적을 만드는 것 같아.

내가 백 허그(back hug) 언제쯤 해야 하는지 알려줬지? 남편이 설거지 해
줄 때!

하늘이와 색칠공부를 끝내고 같이 밥 먹고 있는데

혜진이는 벌떡 일어나 하늘이 아빠한테 처음으로 백 허그를 해준다.

혜진이: 여보! 고마워!

하늘이는 천장의 빔 프로젝트로 만화영화를 보면서 스르르 잠이 들고

나는 집으로 돌아와 부엌데기 '식순이'로 변신을 하고 남편 '삼식이'한테

후딱 밥해 주고 부엌에 있는 빔 프로젝트로 오래된 영화 '로미오와 줄리
엣'을 보다가 졸려서, 오늘은 로미오만 보고 내일은 줄리엣을 봐야겠다. 음
냐 음냐….

유빈이와 하늘이의 색칠공부

1. The arts improve individual health, This could be due in part to its ability to relieve stress. Appreciation of art widens and strengthens social bonds.

미술은 개인의 건강에 영향을 줍니다. 이는 스트레스를 줄여 주는 능력이 있기 때문입니다. 미술 감상은 사회 유대를 넓고 강하게 해주는 역할도 합니다.

2. The arts improve psychological well-being. Attending arts events may be stimulating and relieve stress, hence leading to improved happiness and life satisfaction.

미술은 심리적으로 행복하게 도움을 줍니다. 미술 행사에 참여하면 자극을 받고 스트레스가 감소하므로 행복과 삶의 만족감을 향상시켜 줍니다.

3. The arts improve skills, cultural capital and creativity. Audience members may gain some new knowledge or cultural capital by attending arts events.

미술은 솜씨, 문화 자본을 향상시킵니다. 청중들은 문화 행사에 참여함으로써 새로운 지식과 문화 자본을 얻을 수 있습니다.

4. The arts has strong influence on our emotions such as expression, emotional stability and creative thinking ability.

미술은 우리의 감정, 즉 표현력, 정서적 안정, 창조적 사고 능력의 감정에 강하게 영향을 미칩니다.

출처: http://www.princeton.edu/-artpol/workpap/WP20%20-%20Guetzkow.pdf
Center for Arts and cultural policy studies, Working paper series, 20

가끔씩 사는 것이 지치고 버거울 때
'마음의 섬'이 필요한 것이다.
쉬기도 하고 그리워하기도 하고 위로받기도 하고
마음을 진정시키고 그 섬에서 놀고 가고 싶은…,
잃어버린 그 무엇인가를 찾으러 가기도 하고
그것이 세월이든 사랑이든 잃어버린 자신감이든
메말라 버린 마음이든,
호주머니 속에 많은 돈이 있어도
편한 곳에 데려다 주지 못할지도 모른다.
사람에게는 마음의 섬이 필요하다.
자꾸만 가고 싶은 곳, 진정 나만의 섬은 어디인가.
이스트가 아닌 사랑으로 익어 가다.

끝도 없는 집안일

그림을 잠시 멈추고

남편과 아이들에게 보이고 싶지 않은 눈물은 이불 속에서….

2013년 인구보건복지협회의 설문조사 중 '다시 태어나도 지금의 배우자와 결혼하겠나?'라는 질문에 남자는 45%가 '예'라고 답하고, 여자는 19.4%에 그쳤다.

또 남성(36.7%)과 여성(34.9%) 모두 '아이가 사랑스러울 때' 결혼생활이 가장 행복하다고 생각한다고 답했다. 두 번째로 여성은 '배우자가 고맙고 사랑스러울 때(28.3%)', 남성은 '가족으로부터 안정을 느낄 때(31.7%)' 행복을 느낀다고 답했다. 의외로 '경제적 여유'를 행복의 이유로 뽑은 사람은 남성(6.7%)과 여성(3.7%) 모두 별로 없었다.

결혼이 불행해서가 아니라 다른 삶을 살고 싶다는 사람도….

남편은 가장 행복했을 때가 첫딸 유빈이를 낳았을 때 병원에서 아이를 안고 부모님한테 뛰어가 시할머님이랑 4대가 따뜻한 방에서 옹기종기 앉아서 웃었을 때라고….

가장 행복할 때가 언제인지 핸드폰에 저장된 사람들한테 물어보았더니…, 첫 아이 낳았을 때, 임신했을 때, 가족과 여행할 때, 혼자 조용히 집에 있을 때, 자식이 재롱떨 때, 가족의 행복한 웃음을 볼 때, 부모님과 여행 갔을 때, 대통령 만났을 때, 하나님 영접했을 때, 대회 입상했을 때, 상 탔을 때, 아이들 커 가는 모습 보고 있을 때, 시험 합격했을 때, 연애할 때, 엄마와 같이 있을 때, 일상의 소소함, 땅 계약해서 통장에 돈이 가득 들어왔을 때, 자식이 잘되었을 때, 나쁜 일만 안 생기면 행복, 문득문득, 입대 후 10월의 마지막 생일날 이용의 노래 부르며 미역국 먹었을 때, 하는 일을 인정받았을 때, 따뜻한 이불 속으로 들어갈 때, 지금 이 순간을 놓치지 않았을 때, 집 샀을 때, 그리고 '지금'이라는 사람이 가장 많았다.

화가들은 대부분 원하는 작품이 나와서 사인할 때, 그림이 팔렸을 때, 인정받았을 때, 미술인의 갈증을 해소시켰을 때, 큰 수술 후 작업실에서 물감 냄새 맡았을 때…, 그리고 그림 그릴 때라고 대답하는 사람이 가장 많았다.

언제쯤 나 자신이 어른이라는 생각이 들었는지

부모님이 돌아가시고 홀로서기 할 때, 대학교 졸업했을 때, 독립했을 때, 자식 결혼시켰을 때, 모든 일과 사람을 용서했을 때, 가장이 되었을 때, 결혼했을 때, 아버지의 뒷모습을 바라보게 됐을 때, 사회에서 돈 벌 때, 아이 키울 때, 챙겨야 할 대소사가 많을 때, 남을 도왔을 때, 제대로 살아야겠다고 마음먹었을 때, 부모님 챙길 때, 운전할 때, 재산세 공과금 낼 때, 처음 술 마셨을 때, 장례식장에서 아버지 염했을 때, 할머니 돌아가셨을 때, 군대 갔을 때, 사랑니 생겼을 때, 앉을 자리 일어날 자리를 알았을 때, 공에 생색내지 않고 서로의 마음으로 느낄 때, 나이 먹는 흔적을 느꼈을 때, 밥상에 앉았을 때 아버지가 수저를 들어야 수저를 들었는데, 어느 순간 내가 수저를 먼저 들었을 때, 어린 시절 추억을 그리워할 때, 잘못 살고 있는 나에게 참회했을 때.

핸드폰에 저장된 배우자의 이름은…?

귀연(귀한 인연의 공감 동지), 애인, 건강한 어린 양, 짱구, 나의 여신, 부자 남편, 마눌님, 사랑하는 내 짝, 내 아내, 울랑, 가장, 아내, 사랑하는 남편, 애들 아빠, 나의 여신, 라뷰(아이 러브 유), 선물, 사장님, 큰 아드님, 내 님, 잔소리, 보물, 예쁜 그녀, 마이 걸, 마왕, 버럭 윤, 간식의 제왕, 상감마마, 하나님의 일꾼, 사랑하는 마눌, 마이 선샤인, 짝꿍, 대박이, 사랑 여보, 이쁜 마눌님, 마누라, 나의 왕자, 그리고…, 당신.

당신이라는 말 참 좋아요.
너무 쓰지도 달지도 않은
적당한 온도의 커피처럼

당신이라는 말 참 좋아요.
고단한 하루가 끝나는 해질 무렵
창밖으로 쏟아지는 따스한 불빛처럼

당신이라는 말 참 좋아요.
당신은 제 인생의 큰 선물입니다.
당신을 만나 제 인생이 근사했습니다.
세상살이 고달픔
당신 덕분에
환하게 웃고 삽니다.
나의 심장은 당신을 늘 따라갑니다.
파란 하늘을 올려다보며
늘 옆에 있어 주어서 고마워요.

오래 전인 1970년대에 서울에서 초등학교를 다녔던 나는 학교에 가보기 위해 2013년 추석 지나고 오전 6시 50분 무궁화호를 탔다. 창밖에는 비가 내리고 귓속에는 스마트폰 전선으로 윤종신의 '오래 전 그날' 노래가 나온다.

"교복을 벗고 처음으로 만났던 너, 그때가 너도 가끔 생각나니~
뭐가 그렇게도 좋았었는지 우리들만 있으니~"

그래
기차 안에서 그림책을 보는 것
비오는 것
음악 듣는 것
온기 있는 커피
오늘 난 감사해.

아릿한 어린 시절
운동회 때 공책 상품으로 타려고 힘차게 뛰었던 운동장
운동장 구석 땅바닥에 나무 막대기로 그림을 그렸던 운동장
비오는 날 변소 가는 것도 송충이도 그네 타는 것도 무서웠던 어린 시절
이제는 땅바닥 대신 캔버스 안에 그림을 그리네.

　영국의 작가 위다는 노트르담 성당에 소장된 루벤스의 그림에 감동하여
작품을 구상, 1872년에 『플랜더스의 개』를 썼다. 그림에 소질이 있는 네로
와 충직한 개 파트라슈의 우정. 네로가 루벤스의 명화를 보기 위해 추운 겨
울 성당에서 파트라슈와 함께 얼어 죽는 마지막 장면…. 처음으로 초등학교
때 이불 속에서 엉엉 울면서 보았던 애니메이션 영화이다.

플랜더스의 개, 네로가 성인이 되어 화가가 되었더라면 얼마나 좋았을까….

그렇게 그림을 그리고 싶었던 네로…, 네로 좀 살려 주세요!

6년 동안 다녔던 초등학교 동창 친구는 1명도 없었고, 학교 주위는 더 이상 내가 살았던 산동네가 아닌 브랜드 아파트와 백화점 쇼핑몰로 뒤덮인 동네가 되어 있었다. 수십 년이 지났는데 당연하지!

지하철을 타고 10시 전에 학교에 도착했는데, 오른쪽에 있던 수위실이 왼쪽으로 바뀌었고, 어린 시절 그렇게 넓게 보였던 학교와 운동장이 이제 너무나도 작게 보였다.

보안관: 어떻게 오셨는지요?
Jung mi: 안녕하세요! 아주 오래 전 여기 졸업한 학생이에요.
          오늘 교무실에 성적표 알아보려고 왔습니다.
          그리고…, 그냥…, 학교 운동장이 보고 싶어서 왔습니다.
보안관: 아! 그러세요~?

노란색 '방문' 표를 목에 걸고 가라고 하신다.
수위 아저씨가 보안관 아저씨로 바뀌었구나….

주민등록증을 확인하고 1-6학년 때까지 복사비 궁금하면? 300원을 냈다.

생활기록부와 성적표를 기억이 날듯 말듯 아주 천천히 보았다.

주소: 산 75번지

종교: 없음

아버지 연령: 36살

직업: 노동

나의 건강 상태는: 1-6학년까지 체구 작고 허약해 보임, 혈색 좋지 않음, 깡마른 체구에 피부 거침

특별활동 상황: 소극적이고 내성적이며 수동적. 자율성 적고 의욕이 미약하나 평범하고 온순함.

교과학습 발달상황: 전체 성적에 '수'가 딱 한 개. 반공 및 도덕, 수학, 음악, 체육은 '가'이다.

나의 눈에 들어오는 미술 성적표는: 양, 미, 미, 양, 미, 미

낙엽이 우수수 떨어지는 분위기 있는 가을을 좋아하건만, 성적표에는 양가 양가 양가집 규수라네.

지도사항: 학습 의욕 적어 성적 부진함. 독해력과 이해력이 부족하여 향상이 늦음. 꾸준히 노력하나 발표력이 부족함.

체구와 성격이 전형적인 스몰a형………….

내가 4살 때 우리 가족 모두 서울로 올라왔다. 할아버지, 할머니, 아버지, 엄마, 오빠 2명, 나, 여동생, 고모들…. 아버지는 서울에서 30년 이상 집을 짓는, 벽돌 쌓는 장인으로 최고의 기술자였다. 화가가 된 후로는 아버지와 엄

마가 많이 생각난다.

아버지는 사람 사는 집을 지어 주신 건축 예술가, 화가는 무한 창작을 하는 정신 노동자, 서비스업은 감정 노동자, 아버지…, 저를 낳아 주시고 학교 등록금 내주셔서 감사합니다. 이제는 나도 부모가 되어 보니 아버지 엄마가 어떻게 살아왔는지 다 보이네요. 69년 동안 많은 가족을 위해 너무 애쓰셨어요. 이젠 편히 쉬세요.

호랑이는 가죽을 남기고, 사랑은 그리움을 남기고, 아버지는 서울에서 수많은 집을 남기고, 범인은 DNA를 남기고, 나는 그림을 남긴다.

성적표를 보고 비도 오고 집으로 갈까 하다가 혜화동에서 수십 년 살고 있는, 20대에 명동에서 근무했던 거래처 언니를 만났다.

비싼 다리미를 결혼 선물로 사주었던 X 언니, 20년 넘게 다림질할 때마다 이 X 언니가 생각난다. 나한테 밥값을 내지 못하게 했었어. 힘들면 말해. 언니는 그래서 좋은가 보다. 음식점에 가면 가격표 보지 말고 주문하라고 했건만, 식탐이 없어서 간단하게 주문했던 기억이 난다.

옆에 있을 때는 잘 몰랐는데 오랜 세월이 지나 되돌아보니, 과거에 만났던 사람들이 나이 들수록 왜 이렇게 생각이 많이 나는지. 그래서 좋은 추억만을 만들 일이다. 되돌아가 만날 여유와 인연이 있으니…, 나에게도 25년 전에 벌써 X 언니가 2명 있었고, 이제는 과거를 생각할 시간이 있어 좋다. 지금 옆에 있는 사람들은 훗날 추억으로 다시 생각나겠지. 전철 입구에서 X 언니를 보자마자 그냥 눈물이 나왔다. 커피 마시자며 내 손을 끌고 간다.

X 언니: 대전에서 잘 지내고 있지? 난 돈만 낼 테니 넌 먹기나 해라!

Jung mi: 정말 X 언니는 아무나 하는 것이 아니다.

X 언니: 나는 뭐 해줬는지 기억이 잘 안 난다 얘~.

            어여 커피 마셔! 다리미 고장 안 나면 나중에 며느리 줘라!

Jung mi: 다리미가 한 번도 고장이 안 났어.

언니는 25년 전이나 지금이나 선진국 형 마인드야.

내가 언니한테 받은 만큼 나도 누군가에게 X 언니가 돼주어야겠다.

X 언니: 부모님께 감사드려라. 부모님 없었으면 네 그림도 없다.

            왜 그렇게 울어? 카푸치노에 눈물 들어가겠다.

Jung mi:　　언니는 왜 울어?

X 언니:　　　네가 우니까 울지…. 어려우면 말해라!

어려우면 말해! 예전이나 지금이나 얼마나 힘을 주는 말인가.

전철 안에서 성적표를 보고 얼마나 눈물이 나는지, 고생하신 아버지 엄마 생각나서, 고스톱 치시던 시아버님 생각나서.

내가 19살 고등학교 졸업할 때 아버지가 마지막 내주신 등록금. 졸업하고 30년 동안 우리 부모님한테 단돈 1,000원도 안 받아. 일찌감치 주제파악하고 내 작은 그릇만큼 저렴하게 살았더니, 큰돈이 필요 없더라고.

아날로그 시대에 태어나 디지털에서 스마트폰까지 공유하며 나는 그림으로 삶의 고단함을 풀었고, 아버지는 소주로, 시아버님은 담배로, 남편은 게임으로.

상황에 밀리고, 먹고 살기 바쁘고, 잘해 보려고, 기회가 없어서, 운이 없어서, 가족들한테 잘해 보려고, 더 잘살아 보려고 했지만, 한국의 아버지들은 나의 곁을 떠나갔네…. 아버지들은 예전이나 지금이나 식구들을 책임지는 힘겨운 '가장'이야. 남편도 연년생인 유빈이, 성민이 등록금 때문에 1년 동안 노가다 했는데, 먼지 뒤집어쓴 모습에서 아버지의 모습이 보이더라. 먼지인지 흰 머리인지….

나도 아티스트가 아니었다면 식당에서 설거지도 할 수 있어. 빠르게, 깨끗하게 접시 깨지 않고 잘할 수 있어. 직업은 생존과 직결되는 것. 한국의 부모님들 때문에 우리가 이렇게 생존해 있다는 것.

X 언니:　　　서울 오면 또 연락해라! 맛있는 것 사줄게!

서울에 있는 X 언니 2명…, 나의 아릿한 20대에…, 오래 전에 참 고마웠습니다.

오빠: 헥헥, 힘들다…. 너희 집 높은 데서 사는구나?

Jung mi: 힘들지? 나는 수십 년 동안 올라 다녀서 괜찮은데….

오빠: 등산 안 해도 되겠다!

Jung mi: 겨울에는 하얀 눈을 가장 먼저 만질 수 있고

          여름 장마철에는 물난리 걱정 없고

          등산을 안 해도 나는 항상 건강해.

          오빠! 그 여자랑 왜 찢어졌어? 벌써 몇 번째야!

오빠: 미치긋다…, 여자들 마음을 모르겠다.

Jung mi: 오빠는 무슨 연애를 갈대처럼 그렇게 매가리 없이 하냐?

          고목나무처럼 해보란 말이야!

오빠: 연애는 어려워! 이 청춘 연애 한번 해볼라 했더니만,

          여자보다 수학문제 푸는 것이 더 쉽다.

Jung mi: 내가 결혼하면 자동차는 없어도 되지만 전철역이나 버스 정류

          장이 가까웠으면 좋겠고, 현관부터 화장실 안방까지 그림이 걸

          려 있으면 좋겠어. 한우는 없어도 비곗살 쫀득하게 붙어 있는

          돼지고기 한 덩이 넣어서 김치찌개로, 와인은 없어도 얼굴에 마

사지할 연초록의 싱싱한 오이 몇 개, 블루베리는 없어도 주스 한 병, 내가 이 세상이 아름답다고 느낀다고 생각하면 옥탑방에 살더라도 삶은 눈물겹도록 행복하고 아름다울 거야.
난 화목한 집을 부러워했지, 부잣집을 부러워한 적은 없었어.
무엇이든 내 복이 아닌 것은 빨리 인정하니 편하더라.

오빠: 겨울에 지리산 가자! 너 잘 올라갈 것 같다!

28살에 한겨울 지리산 천왕봉 정상을 거침없이 올라갔다.

야호~!
난 더 이상 가장 높은 산동네에 살지 않을래~.
30년 살았으면 됐다! 이젠 가장 낮은 동네, 전철역 가까운 동네에 살고 싶어~.
여자는 남자하기 나름~, 그래야 집안에 행복이 존재한다~.
남자의 말년은 여자 하기 나름~, 고로 남편은 평생 마누라한테 잘해야 한다~.
야호~!

나비:　　　샌드위치 산동네도 배달 가능합니다! 영차 영차!

지금 나는 산동네에 살지 않고, 냉장고에는 삼겹살과 주스가 있고, 오렌지도 있고, 현관부터 부엌, 안방까지 그림이 있다.

2010년 어느 날 어떤 사람들이 가끔씩 내 꿈속에 나타나더니 배고프다고, 밥을 차려 달라고 여러 번 부탁을 한다. 나보고 밥상을 차려 달라고? 그것도 행복한 밥상을? 복권 당첨 꿈이 아니고 밥 차려 달라는 꿈을….

2010년 6월 파김치 친구소장

새벽에 꿈에서 깨어나 처음 그린 그림은 2010년 6월에 그린 파김치였다.

물감으로 고춧가루와 국물을, 그리고 연초록의 파김치를 그렸다.

파김치 담그는 것보다 파김치 그림 그리는 것이 더 재미있었다.

아, 이것이다. 내 인생의 가장 중요한 일을 먼저 해야겠다고 선택하고 결심하고 그림에만 집중하기로 했다. 2008년부터 수년 동안 TV도 보지 않고, 외출도 안 하고, 쇼핑도 안 하고, 모든 모임을 그만두었다.

음식점에 가면 휴지에, 지퍼 백에 그림 그릴 반찬들을 주섬주섬 싸가지고 왔다. 혼자 밥을 먹을 때는 5분 정도 김치와 김, 된장, 나물로 간단하게 먹었고, 화장실 가는 시간도 아까워서 물도 잘 안 마셨다. 누군가에게는 시간이 금이라고 했지만, 나에게는 금 이상이었다.

이 순간 아니면 다시는 이런 날이 오지 않을 것 같았다. 그림 그려야 할 때가 온 것 같았다. 찌개를 얹어 놓고 그림을 그리다가 냄비를 여러 번 시커멓게 태웠다. 냄비 프라이팬을 몇 개 버렸더니 남편이 철 수세미로 이빨 뽀드득거리며, 씩씩대며, 으르릉거리며 새것처럼 닦아 놨다. 꾸벅꾸벅 졸면서도 그랬다.

잠 오지 않게 해주세요, 시계야 멈춰 다오….

집안일에, 가게 일에, 서울 출장에 그림 그릴 시간이 항상 많이 부족했다. 내 나이가 몇 살이 되어 가는지, 오늘이 몇 일인지 달력을 봐야 알았고, 온통 그림 생각으로 버스 정류장도 전철도 한 정거장 더 가서, 덜 가서 내린 적도 몇 번 있었다. 다시 한 정거장 터벅터벅 걸어오면서도 어떤 그림을 그릴까만 생각했다. 자투리 시간 틈틈이 집중력과 에너지를 모두 쏟아서 최후의 노력을 했다.

하루가 한 시간처럼 너무도 빠르게 몇 년이 그림과 함께 지나갔다. 내가 꼭 해야 할 일을 찾아내지 못하면 오랜 세월 헤맬 것 같았다. 앞으로 30년 이상 헤매지 않기 위해서 다시 뒷심까지 힘을 바쳤다. 돈 되는 액세서리만 계속하지, 왜 돈 안 되는 그림을 하냐고 주위에서 많이 말씀하셨지만, 그림을 안 그리면 후회할 것 같아서였다.

그때는 시간 많은 사람, 잠 안 오는 사람이 부러웠다. 이제는 나이 때문에 체력이 그때만큼 따라 주지 않는다. 직업병이 아니라 나이 탓이라 생각하니 너무 편하다. 스무 살의 겨울이 틀리고 쉰 살의 겨울이 이렇게 틀리다. 다시는 그날처럼 그림을 그릴 수 없을 것 같다.

사람들은 나의 그림이 재미있다고 하지만, 나는 나의 그림들을 보면 그냥 눈물이 나온다. 긍정의 힘과 노력과 열정, 그림에 대한 사랑, 어릴 적 꿈이 다 들어 있기 때문이다.

습작 그림까지 250점(2호-10호 아크릴 화)의 똑같지 않은 그림을 그리면서 노후에 그림으로 심심하지는 않을 것 같다는 확신이 들었다. 몇 개월 동안 집안에서 나오지 않아도 좋을 것 같았다. 그림으로 미래에 대한 두려움이 없어졌다. 긴긴 겨울방학 시작하자마자 미리 숙제를 다 해놓고, 나머지 날을 편하게 노는 기분이다. 숙제를 해놓지 않으면 방학이 끝날 때까지 숙제 때문에 제대로 놀지도 못하고, 방학 끝날 때쯤 허둥대며 급하게 숙제를 했던 불안한 기분을 알기 때문이다.

겨울에는 발에 동상이 걸린 줄도 모르고 그렸고, 단풍 구경은 동네 한 바퀴로, 친구들은 얼굴이 반쪽이 된 나를 보고 줄줄이 사탕처럼 간식과 먹을 것을 수시로 갖다 놓고, 내 대신 구슬도 껴주고 청소와 정리도 해주었다. 물감 사라고 봉투를 놓고 나의 습작 그림들을 몇 점씩 집어갔다. 그때 친구들이 갖고 온 간식들, 김밥, 떡볶이, 부침개, 곶감, 떡, 빵, 김치, 과일, 호떡 등을 그림으로 모두 그렸다.

친구들: 냅두자! 실컷 그림 그리게!

그리고 싶은 그림을 원 없이 그렸다. 다시는 이런 날이 오지 않을 만큼….

오른팔이 쇳덩이 들어간 것처럼 슬슬 무거워지더니 정형외과, 신경외과에서 X레이를 찍으니 목 디스크 판정이 나왔다. 항상 좋은 것만 기억하려고 한다.

아마도 팔이 아프지 않았다면 계속 그림만 그렸을 것이고, 『선물』 그림책도 결코 만들지 못했을 것이다. 아픈 것도 이래저래 감사하다. 하루에도 수십 번씩 감사할 일이 너무도 많다. 식당에서 맛있는 김치가 나와도 감사하다. 눈이 내려도 감사하고 비가 와도 감사하고 햇볕 따뜻한 날도 감사하다.

나 자신에게 위로의 『선물』 그림책을 해주고 싶다. 괜찮아, 수고했어, 힘내자!

나쁜 것이 꼭 나쁜 것만은 아니다. 친구들과 단골손님들이 나의 '몸 살리기'를 도와줬다. 이제는 컨디션도 좋아졌고, 몸도 많이 편해졌고, 이렇게 여유롭게 『선물』 그림책도 읽어 보게 되었다. 또 백설이와 뒹굴며 늘어지게 잠도 같이 잘 잔다.

오늘 슬픈 사람은 내일 다시 행복한 날이 오는 것이 운명의 법칙이라고….

50살이 넘으면 한국 엄마는 아프다. 몸도 아프고 마음도 아프고 통장도 아프다.

20년 동안 알고 있는 단골손님은 나보고 오뚝이 같다고 한다.

오뚝이는 긍정보다 더 좋은 것이라고 말해 주었다. 항상 일어난다고 한다.

어려울 것 같은데 지치지 않고 힘든 것 표 안내고 웃으며 하나씩

하나씩 씩씩하게 해낸다고 한다. 나에게 과일을 자주 사주었다.

싱싱하고 맛있는 과일들을, 힘내라고 링거 약까지 선물로 주셨다.

친구 집에서 나의 커플 거위 그림과 함께

Jung mi:　너희 집은 갤러리 같다. 햇살과 나무가 있어 거위가 좋아할 거야.

　　　　　네 집에 올 때면 나의 거위가 있어서 참 좋다.

친구:　　거위가 나의 거실에 잘 어울리는 것 같아.

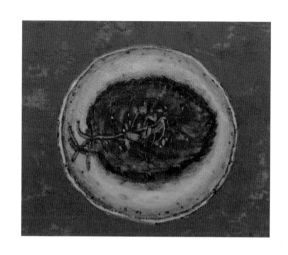

Jung mi: 깻잎이 예술이다.

이렇게 정성이 들어간 깻잎 아까워서 어떻게 먹지?

친구: 그깟~ 깻잎 만든 것 가지고 뭘~. 네 깻잎 그림이 예술이다.

10년 전에 네가 나한테 편지 속에 연필로 멸치 그림

그린 것 보고 알아봤지! 진짜 멸치인 줄 알았어!

반찬 만드는 시간에 너 그림 그리라고 만들어 왔어.

또 만들어 줄 테니 어서 먹어~, 다음엔 매실 장아찌 만들어 줄게.

이 친구는 나한테 올 때마다 직접 만든 김치와 반찬, 떡, 빵, 과자를 만들어서 바리바리 예쁜 보자기에 싸가지고 온다.

친구: 먹고 싶은 것 있으면 말해.

너 물감 값 계산하느라 먹고 싶은 거나 제대로 먹는지 모르겠다.

Jung mi: 가방 하나 덜 사면 물감 수십 개 살 수 있거든!

15년 전 나한테 화장을 배우러 왔다가 처음에는 선생님이라고 부르더니, 서로 야자 하며 친구하기로 했다. 나는 이 친구에게 오랫동안 많은 선물과 음식을 받아서 늘 고맙다고 생각하고 있었는데, 이 친구는 나한테 화장이며 네일 아트며 많은 것을 배웠다고 고마워하고 있다.

친구: 노력을 해야 대가를 얻는다는 것을 너를 통해 알게 되었어.
        세상은 공평하고 정직해. 적당히 사는 사람은 적당히 한 만큼 대우를 받는 거야.
        노력 없이 대가만 바라는 것은 욕심이고, 내가 좋은 사람이 되어야 좋은친구가 생기는 거지.

수만 시간의 습관과 노력이 나를 배신하지 않았네.
  『선물』 그림책을 나에게 선물 받았네.
구름은 오늘을 가고, 하늘은 오늘을 머물고, 겨울나무도 오늘을 머무네.

친구: 나는 너에게 물질적인 것을 많이 줬지만
        너는 나에게 정신력을 줬어!
        선물하고 물건이야 내 월급에서 겨우 돈 몇 푼이면 되지만
        네가 나에게 준 정신력은 평생 강인함을 줬어!
        쌤쌤~.

나랑 30대, 40대를 같이 성장한 친구이고 93세의 엄마를 극진히 사랑하는
효녀이고 아직은 싱글이 좋다고 한다.

친구: 　네 작업실에서는 바닥에 누워서 그림을 봐도 되고
　　　앉아서 봐도 되고 화장실에서 응아할 때도 앞에 그림이 보이고
　　　현관에도 계단까지 이렇게 편안한 갤러리는 처음 본다.

나는 안다.
친구들이 나에게 용기와 힘을 주려고 그림을 가지고 간 것을….

20년, 10년 오랜 단골손님들, 너무 고마웠습니다.
덕분에 우리 유빈이, 성민이 학교 등록금 내고 스무 살까지 잘 키웠고,
대학 보내고 임대료, 생활비, 경조사비, 성당에 봉헌금, 물감, 캔버스 사고,
영화표, 기차표, 비행기표 끊고 콩나물 사고, 미용실 머리 자르고, 병원비,
재래시장에서 장보는 것…, 단골손님들의 소중한 돈 100원짜리 동전까지
감사히 잘 쓰고 있습니다.

나를 쓸쓸하지 않게 한 고마운 친구들, 언젠가는
나에게 보답 받을 날, 그날을 위해 다시 열심히 살도록 할게….

나의 단골손님들은 내가 길바닥에서 떡볶이 장사를 해도 팔아 줄 사람들
이다. 오랜 동안 내가 일을 계속하는 것도 모두 단골손님들 덕분이다. 손님

들도 기쁘게 돈을 내고 나도 돈을 제대로 잘 써야 서로에게 값진 돈이다. 아무리 물건이 좋고 가격이 착해도 손님이 없으면 문 닫아야 한다.

핸드폰에 저장된 사람들 중에는 늙어지면 병원에서라도 만나자고 꼭꼭 약속한 사람도 있다. 병실 안에서도 손님들과 40년 이상 우정은 계속된다. 물건을 팔지 않고 행복을 파는 '행복한 가게'라고, '행복한 밥상'을 차려 주는 화가라고…. 1990년대는 '고객을 왕처럼, 고객을 애인처럼'이라는 광고가 많았다. 나는 '고객을 편안한 친구처럼'이다.

죽자 살자 사랑하는 애인들도 종이보다 더 쉽게 찢어지더라. 금방 헤어질 거면 뭣 하러 사랑한다고 하는감? 사랑보다 우정이 더 오래 가더라. 고객을 왕처럼? 판매하는 사람도 언젠가는 왕이 될 수 있고, 누군가의 집에서는 왕이다. 백화점에서는 고객에게 무조건 친절하라고 하는데, 손님들도 판매하는 사람한테 친절했으면 좋겠다.

친절한 금자 씨도 화나면 두부를 던지더라. 나나 잘하고 살게요!

내가 손님들한테 선물을 줘야 하는데, 손님들에게 1년 내내 선물을 많이 받는다. 나의 손님들은 매너 있고 정확한 사람들이고 잔돈 100원짜리까지 결제를 한다. 내 핸드폰에 저장된 사람 중에는 돈을 안 주는 사람이나 진상 고객은 없다.

인간이라는 뜻을 지닌 라틴어(homo) 호모 에렉투스(직립하는 인간)
호모 사피엔스(사유하는 인간)
호모 파베르(일하는 인간)
호모루덴스 Homo Ludens(놀이하는 인간)

예술은 결코 만족을 모르는 호모 루덴스들이 자신과 벌이는 놀이에서 발전한다.

베짱이처럼 놀지만도 않고, 개미처럼 일만 하지도 않는다.

아예 놀이하듯 즐기는 인간형 호모 루덴스!

남편이 스키장에서 주워온 스노보우에 그린 알바트로스.

Jung mi: 이런 쓰레기를 왜 주워 왔어!

남편: 스노보우에 그림 그려 봐!

Jung mi: 오, 예~!

이 그림은 오랜 동안 병원 생활을 했던 메이크업 수강생이 가지고 갔다.

이제는 하늘을 훨훨 날고 싶다고….

얼마 후 제주도 가는 비행기를 처음 타러 간다고 행복한 목소리로 전화

가 왔다.

선생님! 조금 있다가 진짜로 하늘을 날 거에요!

하늘의 용자 알바트로스(Albatross).

한 배우자와 평균 수명 50-60년 이상을 사는 아주 모범적인 조류계의 신

캔버스에 Acrylic on Canvas 뽀뽀하는 구름 위의 알바트로스

사 알바트로스. 새끼의 한 끼를 위해 15,000Km를 날기도 한다. 자연계의 가장 긴 날개 (3.5m)를 가지고 대양을 가로지르며 활공하는 장거리 여행의 알바트로스.

알바트로스는 알에서 깨어나자마자 바닷물을 떠난다. 강한 날개로, 탁월한 비행술로 하늘을 자유자재로 날아다니고 자유를 누린다. 공중을 날 때는 장엄하고 아름다운 새.

자신의 날갯짓보다는 하늘을 믿어 바람에 몸을 맡겨 새들 중에서 가장 높이, 그리고 가장 멀리 날 수 있다. 날갯짓을 해도 날갯짓하지 않는 알바트로스를 따라잡지 못한다. 알에서 깨어나자마자 목숨을 걸고 비행법을 익혔기 때문에 알바트로스의 날갯짓이 아름다운 것이다.

몸은 흰색, 머리 위쪽과 목은 황금색, 날개깃은 검정색이다. 한 번 맺어진 짝을 평생의 인연으로 삼는다. 일부일처제에 그 어떠한 새들보다도 하늘에서의 꿈을 담은 세상에서 가장 오랜 활공을 하는 아름다운 바닷새 알바트로스.

추운 겨울 흰 눈이 스산하게 내리는 저녁, 메이크업 강의를 마치고 등짝에 백팩 메고 뺨에 차가운 바람 어루만지며 오늘도 화살처럼 하루가 저무는구나 하며 집으로 가는 택시를 타려는데, 등 뒤에서 야, 타! 한다.

Jung mi: 누꼬?

내 저럼한 인생에 '야, 타'라고 말하는 남자 없었는데?

나는 오렌지족도 야타족도 아니었어!

'야, 밥 타! 야, 밥해!'가 어울리는데?

나는 된장을 좋아하는 된장녀다.

남편: 야~, 여편네, 타란 말이야!

비듬 흩날리며 고개 휙~,

늦은 저녁 남편은 고물 자전거를 질질 끌고 마중 나왔다.

나의 인생에 백마 탄 왕자는 절대 없다. 동화책에서만 있다. 백마 대신 흰색 고양이 백설이만 있다. 내 핸드폰에 나 몰래 남편이 저장한 남편 이름: '나의 왕자', 어머님: '왕자님 엄마'라고 해놨더라. 몇 년 전 어머님이 관절과 심장 수술을 하셨는데, 모든 일을 제치고 아산병원에서 병간호한 남편. 3형제가 똑같이 수술비를 준비했었다. 엄마한테 잘해 주고 싶다고 남편은 병실에서 두 달을 지켰다. 남편 핸드폰 바탕화면에는 어머님과 같이 찍은 사진이 들어 있다.

Jung mi: 우리가 잘 살아 주는 것이 효도다.

삐거덕거리는 고물 자전거 타고 온 나의 왕자.
나의 인생은 고물 자전거처럼 삐거덕거리지 않을 거야! 말짱 도루묵처럼….

남편: 뒤에 올라타고 잠바 주머니에 손 넣어라.
Jung mi: 2명 136Kg 올라타면 자전거 박살난다.

고물 자전거: 무겁지 않습니다.
          온몸을 다 바쳐 집까지 데려다 주겠습니다.

남편: 자전거! 오늘만 미안~. 나 100Kg 되면 잔치해야겠다!
Jung mi: 당신 언제 철들어?

남편:　　　나는 철들기 싫다!

Jung mi:　똑같은 밥상에서 똑같은 반찬을 먹는데

　　　　　누구는 살이 찌고 누구는 그대로냐?

　　　　　많이 나온 당신 배 때문에 백 허그가 안 돼.

왼손을 주머니에 넣으니 따뜻한 캔 커피가 들어 있다.

Jung mi:　왜 한 개냐고?

남편:　　　오른손은 내 심장을 잡고, 눈 내리는 하늘을 올려다 보거라.

　　　　　방정식 배워 보지 않을래?

Jung mi:　미쳤어, 미쳤어~. 스마트폰으로 더하기 빼기 곱하기만 알면 돼~.

　　　　　인생은 계산하는 산술이 아니라, 거대한 캔버스 안에 아름다운

　　　　　추억을 만들며 사는 것이 살아가는 예술이라고!

가끔씩 남편은 나 몰래 복권을 사는 것 같다.

Jung mi:　이번에도 꽝~이지?

복권 당첨될 확률보다 20년 동안 천천히 돈 버는 것이 더 빨라!
(우리 남편 제발 복권에 당첨되지 않게 해주세요! 플리즈~!
복권에 당첨되면 마중은 안 나오고 잠바 속에 따뜻한 캔 커피 대신
갑작스런 돈 다발로 삶의 흉기가 될지도 몰라요~.

딱~ 천만 원만 당첨되게 해주세요~~, 플리즈!)

우산 없이 비바람이 휘몰아쳐도, 아무리 추워도 집으로 갈 수 있어서 좋다.

100원짜리, 500원짜리 동전 빨간 돼지저금통에 모아 날 잡아 돼지 배 째서 계란 사고 두부 사고 콩나물 사고 생선 사고…, 이렇게 동전이 모여서 미술 작품이 되었다.

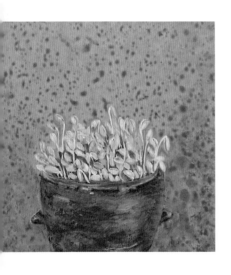

시루 안에 있는 금색의 콩나물
원룸에 옹기종기 잘도 산다.
내일 아침은 콩나물 한 움큼 넣고
콩나물 해장국
계란, 대파, 마른 황태 쪼가리, 알싸한 청양고추
싸고 양 많은 착한 메뉴 콩나물 앗싸!

"금이 아름다운 것을 알게 되면, 별이 아름답다는 것을 잊어버린다."

(독일 속담)

264

내 인생 말장 도루묵으로 만들지 않을 테야!

그림책 프로젝트 준비하는 만추에 나의 40대의 마지막 생일을 친구들과 보냈다. 머피의 법칙보다 샐리의 법칙을 좋아하는 나, 좋은 일이 없으면 내가 좋은 일을 만든다! 지갑에 있는 32,000원 털어서 생일 준비를 했다. 핑크색 작은 케이크, 샴페인, 꽃, 귤을 샀다.

생일날 아침 집안에 아무도 없어서 혼자 미역국 대신 청국장에 꿀꺽 밥 말아 먹었다. 이 청국장은 지인 분이 한 박스 택배로 보내 준 것이다.

생일날 점심때는 20년 넘게 알고 있는, 이제는 고객이 아닌 우정을 공유하는…,

"『물 위에 떠 있는 공처럼』, 이 책 내가 옆에 두고 보는 책이에요.
소중한 사람한테 주고 싶어 주문했어요.
다음에 드릴게요. 해피 데이요."

Jung mi : 나 오늘 진짜 생일인데…, 만추에 태어났어요!

와~, 진짜요? 생일 축하해요. 음, 멋진 가을에…,
가로수도 예쁘더라고요.

Jung mi: 음…, 나 겨울여자 아니고 가을여자!
가을 하면 생각나는 탕웨이의 '만추', 리처드기어의 '뉴욕의 가을',
브래드 피트의 '가을의 전설', 메릴 스트립의 '메디슨 카운티의
다리'.

겨울에 영화 봐요!

Jung mi: 그래요.

남편한테 불쑥 문자가 왔다.

남편 문자: 서울에서 버스 출발한다. 점심 줘. 생일 축하한다.

Jung mi: 안 오는 줄 알고 친구들 만나기로 했는데.
            오늘은 국물도 없어!

남편 문자: 난 어떻게 하고…, 날 버리지 마…, 국물이라도….

친구 문자: 십만 원 송금했어. 49살 생일선물이야! 물감 사든지…,
            옷 사든지. 마음은 천만 원 보낸다.
            돈은 다시 벌면 되니 건강하게, 재미있게 살자!

Jung mi 문자: 1억 원보다 내가 더 좋아하는 천만 원 잘 받았다.

선화가 생일선물로 보내준 도톰한 카디건 입고 영화관을 갔다.
남편은 푸짐한 음식점에 가고 싶었을 게다.

남편: '그래비티(Gravity)' 영화 보러 가자. 마누라 음식점보다
            영화관 더 좋아하잖아, 팝콘 생일선물이야…, 먹어!

48살 생일 때는 흰색의 백설이를 선물로
49살 생일 때는 흰색의 팝콘으로 생일 후려쳤다.

Jung mi:　　영화비와 같은 가격 팝콘 사먹느니 영화 한 편 더 보겠다.
남편:　　　팝콘은 팝콘이고 영화는 영화다. 나 팝콘 좋아하는데….

예약하지 않고 저녁에 불쑥 갔더니 나란히 앉을 수가 없어서 앞뒤로 앉게
되었다. 캄캄한 영화관에서 남편 뒤통수 바라보며 49살에 우주여행을 했다.

Jung mi:　　당신 머리통 때문에 우주여행 안 보이는데?
남편:　　　마누라 뒤에 자리 앉는 것 좋아하잖아!
　　　　　　일부러 앞에 앉았는데(바삭바삭~)….

남편은 머리를 밑으로 스스르 내린다. 달동네에서 봤던 별이 빛나는 밤이
지금 영화관 스크린에서 그대로 보인다. 우주전쟁은 없고 전쟁 영화처럼 사
람들도 많이 나오지 않았다. 주인공의 몇 마디가 생각난다.

"밑져야 본전이다. 우주에서 죽거나, 멋진 우주여행을 다녀왔거나."
"여기에는 상처 주는 사람도 없고 아주 조용한 곳이지."

광활한 우주에 인간에게 꼭 필요한 산소가 없었고, 불가능의 영역을 보여
준 조용하고 아름다운 우주에서 모든 것을 그녀 스스로 혼자 짊어져야 하

는 외로운 싸움이다. 산소가 있고 재래시장이 있고 영화관이 있고 빵가게가 있고 갤러리가 있고, 사람들이 우글우글 있는 지구가 좋다.

50살 이후에도 여전히 할부 인생을 살지라도, 40살보다는 젊지 않은 나이일지라도, 삭신이 쑤시더라도 늘 새롭고 아름다운 날이다.

첫 번째 개인전 하는 날 봉투를 주신 우리 동네 금은방 혜광당 아줌마, 사막의 오아시스처럼 갤러리가 있다고 축하해 주시고 봉투 주신 호수식당 아줌마와 3층 치과 선생님, 나 어깨 아프다고 한 달 동안 침 놔주신 한의원 선생님은 커다란 화분을, 옷만 샀다 하면 나의 쇼트 다리 때문에 바지 길이와 팔 길이를 항상 싹둑 잘라야 했던 모든 수선집 아저씨, 집에서 입는 옷은 수선비 안 받고 항상 공짜로 잘라 주신다.

지갑을 들고 가지 않아도 야쿠르트 아줌마를 만나면 외상이요~, 그림 그리라고 갈치와 해삼, 생선을 사다 주시고 북어까지 빌려 주시고, 내가 좋아하는 삶은 우거지를 작업실 앞에 살짝 놓고 가신다. 몇 천 원어치 주문만 해도 자전거로 배달해 주시는 연산상회 아줌마, 겨울에 시장 지날 때면 추우니까 커피 마시고 가라고 팔을 잡으신다.

시아버님 아프실 때 죽 한 그릇 주문하면 항상 2개를 싸주셨던 본죽 아저씨, 집 앞 호떡집 아저씨는 나의 밝은 모습이 그냥 좋다고 호떡을 부침개만큼 대빵 크게 부쳐서, 결국 봉지에 들어가지 않아 호떡을 반으로 접어서 꾸깃꾸깃 주셨다. 다음에는 호떡을 피자 사이즈로 만들어 줄 것 같다.

이런 동네에 살고 있다. 서울에 사시던 시어머님, 친정엄마, 큰오빠가 대전으로 이사를 와서, 가족이 있는 대전이 좋아지려고 한다.

내가 60대 후반인 2030년에는 세 가구 가운데 하나인 35%가 싱글턴(singleton)이 된다고 한다. 싱글턴은 독신과는 의미가 다른, 단독 개체 라이프 스타일로서 자발적으로 혼자 사는 사람이다. '혼자 살기'가 늘어나는 것이다. 나도 하루 종일 혼자 있는 시간이 많기 때문에 혼자 밥 먹는 날이 많다.

"혼자 있는 시간만이 '자신'을 찾을 수 있다." (법정 스님)

"인간의 모든 불행은 방 안에 홀로 앉아 있을 수 없는 것에서 비롯된다."
(파스칼)

집 없으면 정자나무 밑에서 자더라도 부부는 정만 있으면 산다고 한다. 부부가 한 마음이 되는 데 20년이 걸린다고 한다. 이제는 남편의 등과 뒷모습만 봐도 무슨 생각을 하고 있는지 다 안다. 내일 아침은 무슨 반찬을 먹고 싶은지, 어디가 아픈지도….

캄캄한 영화관에서도 남편의 흰 머리가 훤히 보였고, 다음 주쯤 같이 염색할 때가 됐다는 것도 안다. 이제는 멋 내기 칼라 염색할 나이는 지났고, 새치 전용 염색을 한다. 21년 전 어린이대공원 땅바닥에서 결혼한 날 주례사 내용은 '검은 머리 파뿌리가 되도록'이었다. 파뿌리가 되기 전에 염색하며 살아야겠다.

이번 달 카드 청구서 금액을 얼마 내야 하는지, 백설이 사료는 언제쯤 주문해야 하는지, 쌀 20Kg이 얼마인지, 무슨 라면을 좋아하는지, 김장을 몇 포기쯤 해야 하는지도 서로 다 알고 있다.

붕어빵을 머리부터 먹는지 꼬리부터 먹는지도….

프라이팬에 붕어빵: 나도 생선이야!

붕어빵을 머리부터 먹는 사람: 낙천가

꼬리부터 먹는 사람: 신중파

배부터 먹는 사람: 활동가

등부터 먹는 사람: 동정파

집안에서 남편에게서는 '밥순이'로, 고객한테는 20년 동안 '실장님'으로, 화단에서는 호 '채영'으로 '화가', '작가'로, 메이크업 강의할 때는 '선생님'으로, 외국인한테는 영어 이름 '다이앤'으로, 성당에서는 '미카엘라'로, 그림카페 에서는 'White' 로 친구들한테는 '정미야!'로, 시댁에서는 맏며느리로, 친정집에서는 큰딸로, 친척들에게는 숙모, 큰엄마, 이모, 고모, 올케언니, 조카, 형수님, 질부로, 재래시장에서 목욕탕에서 길거리에서는 나는 '아줌마'로 불린다.

프로 아티스트보다 언제나 편안하고 불러도 질리지 않는 아줌마가 좋다. 한국의 아줌마는 밥상, 생일상, 제사상을 차리는 음식 예술가이다. 킬 힐 대신 스키니, 정장 대신 물렁한 만 원짜리 신발 신고, 마실 갈 때 입는 헐렁한 스웨터 걸치고 재래시장에서 장보는 시간이 점점 좋아지려 한다. 작업실보다 아줌마의 부엌에, 중학교 때부터 좋아했던 영화와 시(詩)를 빔 프로젝트와 부엌 북 카페에서 보고 읽으면서, 김치 냄새와 커피 향기가 있는 부엌에 오래 머물고 싶어진다. 아줌마로 되돌아와서 살아도 충분히 좋을 것 같다.

일보다는 항상 집이 우선이었고, 그림 그릴 때도 아이들 옆에서 그렸다. 라면을, 치킨을, 떡볶이를, 붕어빵을 먹어도 가족과 같이 먹었다. 프로의 옷을 벗고 아줌마로 귀환할 준비를 항상 하고 있다. 스마트폰 대신 밀가루 반죽 만지작거리며…, 유빈이와 성민이가 좋아하는 만두를 더 자주 해주고 싶다.

"우리는 세상이란 무대에선 모두 다 아마추어야."
나는 프로보다 부족한 아마추어를 더 좋아해, 다시 배울 수 있으니~.
삶이란 전쟁터에서 누군가는 돈만 있으면 행복하고 다 해결될 수 있겠지만, 내가 반백년 살아 보니 세상은 돈만으로 해결될 수 없는 것이 너무나 많다.

인생에서 가장 중요한 사랑과 가족의 화목….

내 자신감의 출처는 돈도, 선생님 자리도, 잘 그려진 그림도, 재능도 아니었다. 세상 어디를 가도 가장 자신 있는 것은 '가족'이 있다는 것, 그리고 '가정의 화목'이었다. 지난 달 중년의 50대 노숙자가 우리 집 앞에서 쓰레기통을 뒤지며 차가운 음식을 손으로 집어 먹고 있었다. 누군가의 아들이었던, 아버지였던, 친구였던 그의 포근한 집과 가장의 자리는 어디로 갔는가…. 어느 책에서 읽은 글이다." 지금 냉장고에 먹을 것이 있고 입을 옷과 살집이 있다면 적어도 세계 인구의 70%보다는 부유한 것이다"

결혼하자 시댁 마루에 걸려 있는 가훈은 '집안이 화목하면 모든 일이 잘된다.'라는 '가화만사성(家和萬事成)'이었다. 나의 어린 시절 아주 오랜 동안 행복하지 않았다. 20대 중반에 적금 다 털어서 혼자 백팩 매고 3개국으로 여행 갔을 때도 행복하지 않았다. 호텔에서 음식을 먹어도 맛있지 않았고, 예쁜 커피 잔도 눈에 들어오지 않았다. 멋진 그림도 감동이 오지 않았다. 뭉크의 절규처럼 낯선 외국에서 귀를 막고 소리쳤다.

나의 인생이여!

나.도.이.제.는.행.복.하.게.살.고.싶.어.요.

나의 인생을 싸움과 불행으로 도배하고 싶지 않았고, 그림으로 도배하고 싶었다. 돈을 조금 덜 벌더라도 가족과 함께 있고 싶었다. 유빈이와 성민이가 고향은 서울 왕십리지만, 스무 살이 될 때까지 대전에서 잘 성장해 줘서 너무 고맙다. 집안에 부모가 행복해야 아이들도 행복하다.

이제는 마음의 여유가 생겼다. 몇 년 이상 만나지 못한 오랜 단골손님을 한 명씩 만나고 싶고, 타임머신 타고 과거로 돌아가, 소풍날 보물찾기 했던 그날은 더 이상 없지만, 뻥튀기 냄새 맡으며 살았던 그 산동네도 없어졌지만, 명동에서는 뻥튀기 냄새 대신 최루탄 가스 냄새 맡으며 수녀님의 뒤를 따라가면서 내 마음의 '평화'를 기도했던 그날도 없지만, 보물 같은 사람들을 만났고, 흰색 연기가 다 지나가고 흰색 백설이가 평화롭게 나타났다. 나를 잘 살게 만들어 준 사람들을 한 명씩 만나고 싶다. 휴식하는 낙지 부인이 되어 백설이와 놀면서 편안하게 지내고 싶다.

19살에 고등학교를 졸업하고
29살에 결혼을 하고
39살에 기술직을 배우고
49살에 그림책을 준비하고
10년에 한 번씩 내 인생의 큰 획을 그어 준 아홉 수,
50년 만에 꿈을 다 이루었다.

2013년 11월 대청문화전시관에서 전시했던 '오늘은 스마트폰 대신 밀가루 반죽으로'

제1회 대전국제아트쇼, '구절판(Nine section Tray)'
아홉 칸으로 나뉜 목기에 채소와 고기 등의 여덟 가지 음식을 담고
가운데 밀전병에 싸먹는 한국의 전통 음식 구절판.
중국은 불맛, 일본은 칼맛, 한국은 손맛으로.

정성과 손맛, 오방색(붉은색, 청색, 황색, 흰색, 검은색)이 들어간
구절판. 『대지』의 작가 펄벅 여사가 한국을 방문했을 때 처음
구절판 음식을 보고 극채색에 감동하며 "나는 이 작품을 파괴하고
싶지 않다."면서 끝내 젓가락을 대지 않았다고 한다.

Oil on canvas

2013년 10월 10-14일, 대전무역전시관에서 13개 국내외 미술 작가
2,500여 점의 미술품이 전시되어 4만8천명의 입장객이 방문한
대전국제아트쇼에 전시했던 '구절판'
음식은 그 나라의 문화이고 예술이다.
한식은 한국의 얼굴이고 우주를 담고 있는 정이 들어간 음식.

수저는
산다는 것을 잠시 잊고
사랑하는 사람을 기다립니다.
친구를
사랑하는 사람을
가족을

그대 정든 말투로 같이 밥 먹자고
이 수저 앞에서 예쁜 커피 잔에
삶의 짙은 갈색의 커피 안에
각설탕 풍덩 넣고
프림 대신 미소를 넣었지요.

마음이 배고픈 이여,
밥풀떼기 한 움큼 후드득 흘려도
3개월 할부로 산 포근한 스웨터에 김치 국물 붉게 젖어도
당신이 지금 제 앞에 있어서 행복합니다.

노래방, 찜질방, 술집은 친구들과 20년 넘게 한 번도 가보지 않았는데, 그림 카페에서 운영자로 그림과 시, 좋은 글을 날마다 올리면서 나름 나는 놀고 있었다. 어쩌면 평생을 그림과 함께 노는 여자일 것이다. 흰 눈, 흰색 고양이, 강아지, 흰색 셔츠, 가래떡, 담백한 백설기…, 흰색을 좋아해서, 캔버스도 흰색이라 'White'란 아이디로 그림 카페에서 댓글로 하루의 스트레스를 풀며, 고속도로 중간의 쉼터 휴게실처럼, 사랑방처럼 나름 휴식하고 있던 어느 날,

　실명이 이종우, 아이디가 '개망초'라는 사람이 불쑥 카페에 들어와서 나와 꼬리에 꼬리를 물고 한 달 넘게 댓글을 달게 되었다. 아침에 일어나면 따뜻한 커피 한 잔, 마우스 옆에 놓고 카페에 들어가 회원들과 인사를 하며 하루를 시작했다.

　왜? 나만 개망초 님을 처음부터 남자로 생각했을까?

　이 남자가 회원들에게 '벙개'를 하자고 공식적으로 댓글이 들어왔다.

이종우 作 Oil on canvas 자화상

손녀들의 사진을 카페에 포스팅하고 '개망초'라는 시와 함께 할머니라고 소개했다. 그날 나는 하루 종일 혼자서 킥킥거리며 웃었다. 중년 남자가 아니고 할머니? 그렇게 눈치 빠른 내가 눈치코치 없이 밥풀 흘리듯 개망초 님한테 홀렸다.

무슨 할머니가……………, 이렇게 멋지냐!

개망초 님은 빼어난 안목으로 카페에 그림, 좋은 글, 사진 등을 올리고 날마다 출석하여 내 또래의 여자 회원들에게 인기가 있었다.

계란 프라이같이 생긴 개망초 꽃….

사람의 눈길이 닿아야 핀다는 개망초 꽃….

개망초 꽃

안도현

눈치코치 없이 아무 데서나 피는 게 아니라
개망초 꽃은
사람의 눈길이 닿아야 핀다.
이곳저곳 널린 밥풀 같은 꽃이라고 하지만
개망초 꽃을 개망초 꽃으로 생각하는
사람들이 이 땅에 사는 동안
개망초 꽃은 핀다
더러는 바람에 누우리라
햇빛 받아 줄기가 시들기도 하리라
그 모습을 늦여름 한때
눈물지으며 바라보는 사람이 아무도 없다면
이 세상 한쪽이 얼마나 쓸쓸하겠는가
훗날 그 보잘것없이 자잘하고 하얀 것이
어느 들길에 무더기 무더기로 돋아난다 한들
누가 그것을 개망초 꽃이라 부르겠는가.

몇 년 전에 갤러리에서 개망초 님을 처음 만났다. 나를 보자마자 안아 주셨다. 나의 첫인상이 너무 소박해서 좋았다고 하신다. 나보다 나이가 24년 많았다. 몇 살 많은 큰언니가 아니라 어머니의 나이차이다.

개망초 님의 첫인상이 불편하지 않은 나의 마음을 헤아려 줄 것 같은, 그림 좋아하는 친구라는 느낌이 들었다. 부산에서 10년 동안 화가 활동을 하시고, 결혼한 딸이 대전으로 이사를 와서 같이 오게 되었다고 하신다. 사진 동호회에서 사진도 찍고, 전시도 하고, 사진 전시회에서 상까지 받았다. SNS와 개인 블로그에 언니의 사진 작품과 유화 작품들이 보물처럼 들어 있었다. 카메라 들고 있는 아우라는 할머니가 아니라 아티스트였다.

몇 년 동안 개망초 님을 만나면서 나의 인생의 스승같이, 엄마로, 큰언니로, 그림과 사진을 좋아하는 동료로, 성당의 대모님으로 나의 인생에 멘토가 되어 주신 분이다. 개망초 님도 나도 세례명이 '미카엘라'이다.

내가 49세 때 처음으로 가진 종교 생활.
첫 번째 성지순례 제천의 베른 성지 기차여행에서 내 옆자리에
앉아 주신, 30년 넘게 성당에 다니고 계시는 개망초 님이
미사포 쓴 나의 뒷모습을 작품으로 남겨 주셨다.
앞으로 내가 나아가야 할, 울퉁불퉁 위험하고 어려운 비포장도로인
60대, 70대를 부드러운 고속도로, 사막의 안내자처럼,
바다의 등대처럼 12차선 맨 앞줄에 초록불 신호등을 켜주시고
나를 놓아 주셨다. 개망초 님은 내가 잘되길 바라며 기도해 주신다.

나도 누군가에게 개망초 님처럼 선진국 형 마인드가 되어 주어야겠다. 누군가를 위해 잘되기를, 보이지 않는 곳에서도 기도해 주는 것, 사랑이 깊을수록 사람다워지는 것 같다.

인생은 정식 코스가 아니어서, 50년 살아오는 동안 끙끙거리며 해결하지 못하는 일들이 너무 많아서 친구들 몰래, 가족들 몰래 이불 속에서 콧물 눈물 머리 쥐어짜며 울었는데….

"삶이 그대를 속일지라도 슬퍼하거나 노여워하지 말라.
 슬픔의 날 참고 견디면 기쁨의 날이 오리니."

삶을 오해하기도 하고 이해하기도 하고, 오래 전 돼지그림 옆에 쓰인 푸쉬킨의 두 줄의 시어를 이해하기까지, 내가 좋아하는 삼겹살을 질겅질겅 씹으며 수십 년의 시간이 걸린 것 같다. 늦게나마 인생의 멘토인 개망초 님을, 안전한 큰 산을 만났다.

하루를 소소한 일상에 많은 감사로 시작하라.
착하게 살아라.
그림을 절대 포기하지 말고 창의적이고 유니크한 작품을 그려라.
내가 상처를 받아도 남에게 상처를 주지 말라.
자신을 위해 기도하지 말고 남을 위해 기도하라.

더욱 부지런해라.

혼자 있는 시간을 많이 가져라.

있을 때 베풀지 말고, 없을 때 조금이라도 타인에게 베풀며 살라고

늘 나에게 말씀하신다.

개망초 님은 나의 가족도 형제도 친척도 아닌 SNS 친구였다. 컴퓨터와 스마트폰에는 첨단 정보와 많은 글이 있다. 잘하면 자신에게 축적이요 성장이요 좋은 인연이다. 잘못 하면 시간 낭비요 상처요 악연이요 소음이다. 기계 안에는 모든 것이 다 들어 있어도 오직 한 가지 들어 있지 않은 것이 있다. 바로 따뜻한 '심장'이다. 따뜻한 심장을 오프에서 만났다. 온라인에서 귀한 인연을 얻었다. 나는 나 자신을 믿고 살았기 때문에 SNS를 믿는다.

진정한 인연은 먼 길을 돌아서 다시 만나게 된다고 하는데…. 개망초 님은 내가 태어나기도 전에 서울 우리 동네에서 가까운 학교를 다니셨다고 한다.

다시 50살고 되돌아가면 그림을 그리고 싶고, 다시 태어나도 화가로 살고 싶다고 하신다. 뛰고 있는 나에게 튼튼한 날개를 달아 주시고, 걷고 있는 나에게 뒷다리 잡지 않고 신발 끈을 단단해 매어 주시고, 지쳐 있는 나에게 용기를 주며 마중물을 펴주신다.

바쁘게 살다 보니 많은 여유 시간이 없어서, 사람들한테 좀 더 잘해 주지 못해서 나는 미안할 뿐이다. 그 누구에게도 서운하지 않다. 다른 사람들의 삶을 존중한다. 다른 사람들도 아티스트의 일을 존중해 줬으면 좋겠다. 개망초 님은 자주 만나지 않아도 오랜 침묵 속에서도 나를 믿고 응원해 주시는 분이다. 아티스트의 마음은 아티스트가 아는 것이다. 서로에게 잘했네,

못 했네 하지 않고 서로 좀 더 잘해 주지 못해서 미안해하는 사이다. 댓글의 개수가 아닌, 만남의 횟수가 아닌, '마음의 소통'이었다.

만남의 횟수가 뭐 그리 중요한가. 하루만이라도 상대방을 이해해 주는 마음, 아름다운 삶의 간격이 필요할 뿐이다. 나도 칠순이 넘으면 시장바구니 대신, 예쁜 핸드백 대신 사진기 메고 사진 찍으며 사진 속의 그림을 그리고 싶다.

개망초 님과 나는 서울에서 24년 간격으로 살다가, 부산에서 서울에서 대전으로 이사와 갤러리에서 댓글로 처음 만났다. 개망초 님! 제가 29살에 처음 면사포 썼을 때는 시할머님이랑 4대가 한집안에서 행복하게 살게 해달라고 기도했고, 49살 때 처음 세례 받고 미사포 썼을 때는 제가 잘못한 일이 있거나 남들한테 상처 준 일이 있으면 모두 용서해 달라고 기도했답니다.

저는 이제 아무것도 갖고 싶은 것이 없어요. 지금 갖고 있는 것만 감사하고, 어릴 때 원했던 것은 '가족의 화목'이었기 때문에, 저는 제 소망을 이루었답니다. 개망초 님! 건강하게 오래 있어 주세요. 제 핸드폰에 '이종우' 이름 오래 저장되게 해주세요.

(미카엘라)

태생이 서울이요 교육도 서울에서 받고, 결혼 후 40년 동안 부산을 제 2의 고향으로 간주하고 살다가, 훌쩍 삶의 터전을 대전으로 옮겨 앉았다. 쉽지 않으나 나이 드니 자식 곁이 그리운 것이었다. 어릴 적부터의 꿈인 그림 그리기를 좋아해 부산에서 테라핀 냄새를 사랑하며 그림을 그리며 지내다가 단체전 전시도 했지만, 이곳 대전으로 와서 여건상 잠시 붓을 놓았다. 그래서 찾아든 곳이 갤러리였다. 눈이라도 녹슬지 말게 하자는 뜻에서였다.

집 부근에 갤러리가 있었다. 그림 카페도 있었다. 갤러리는 작지만 정감 있는 조촐한 곳이었다. 갤러리 카페에도 들어가 보니 White라는 운영자가 다방면으로 알뜰하게 꾸려가고 있었다. 그 여자는 당차고 느낌이 강했다. 솔직하고 대담했다. 글에서 느끼는 힘이 있고 재치가 있었다. 그리고 그림에 관한 열정과 사랑이 강한 여자였다.

얼마 후 우리는 만났다, 갤러리에서…. 보이지 않게 느꼈던 그녀의 이미지와는 달리 퍽 소박하고 꾸밈없는 소탈한, 그러나 그 뒤엔 분명함과 강한 의지력 같은 힘을 느끼게 하는 여자였다. 그 후 그는 일을 하면서도 그림 그리기에 열정과 노력을 쏟았다. 차분하게 자기만의 주제를 선택하여 그리기 시작해서 좋은 결과도 낳았다.

늘 우리가 먹고사는 음식과 입양해 데려온 유기 고양이 백설이가 주제를 이루며 작업한다. 김정미에게 불가능은 없다. 늘 긍정적인 사고와 타의 추종을 불허하는 노력과 솔직하고 진술한 대인관계로 그림 세계의 영역과 인맥을 넓혀 가며 자기의 꿈을 키워 나간다. 그리고 그분들의 관심 안에 김정미란 본인의 50년사, 그리 길지 않은 인생사를 열어 보이게 되었다. 누구나 그렇겠지만 평탄치만은 않았던 질곡의 삶과 성실한 삶, 그리고 그녀의 그림 세계를 열어 보이게 되었다.

김정미가 가지고 있지 않은 것을 다른 모든 사람들은 갖고 있다. 그 대신 김정미에게는 달란트를 주셨다. 신은 공평하셨다. 넘치지 않게 적시에 필요한 만큼 준다. 넘치게 갖는 것은 인간의 욕심이다. 그 욕심은 반드시 근심을 낳는다. 주는 만큼 분수에 맞게 살면 편하다.

그 마음은 우리가 정하는 것이니 이 또한 공평함이 아니겠는가. 신은 공평하기 위해 우리에게 자유의지를 부여해 주었나 보다. 지금의 내가 소중하고 가진 것에 만족하다면, 신의 공평함에 감사해야 한다.

이 『선물』 책을 접하시는 모든 분들이 '긍정과 노력과 열정으로 성실하게 도전하면 안 되는 일이 없다.'라는 신조로 열심히 살아왔고 앞으로도 계속 전진할 김정미 그녀에게 때때로 부족해질 수 있는 마중물이 되어 줄 것을 부탁드려 본다. 이 글을 쓰는 이는 김정미와의 우정이 가능한 한 변치 않도록 노력할 것을 약속한, 70생을 훨씬 넘긴 노파이며, 김정미의 삶에서 새로운 삶을 배우는 이종우 개망초이다.

이종우 作

좋은 세상으로 여행 온 기분이네.
오늘밤 한 잔 쭉 들이켜고 싶네,
행복酒를. (이종우)

창덕궁에서 사진기 들고 있는 이종우 개망초 님

50년 히스토리를 담은 290페이지 이상의 글. 그림. 인연들을 출판사에 파일로 전송했다.

예술의 긴 여행의 굵은 진한 선이 서서히 오른쪽으로 갈수록 부엌 안의 아줌마의 시간으로 가고 싶어진다…. 전송완료.

지인 분의 문자: "아줌마… 아줌마가 맞는 말이긴 한데…
                   웬지 안 어울려요"

'꿈 깨!'를 생각 안했고 '꿈 꿔!' 이 두 글자가 나의 인생을 살렸고 그림은 나에게 세상을 향한 시야를 넓히고 내일을 살아갈 이유와 긍정의 힘이 되어주었다.

20대에 흥분하면서 읽었던 연애편지 대신 이제는 카드청구서를 흥분하며 서늘하게 읽을지라도 부엌에서 선물 2권을 다시 준비하며 다시 힘들겠지만 그래도 나는 나의 길을 가련다.

남대문은 손재주 있는 사람들도 많고, 동대문은 감각과 유행과 센스가 재래시장에는 부지런한 사람들이 많았고, 화가들은 그림을 다 잘 그린다.

어린 시절 서울 사람들의 사는 모습을 보며 길들여진 나는 내가 손재주가 있는지, 감각이 있는지, 부지런한지, 그림을 잘 그리는지 모르고 살아왔다.

다른 사람들도 다 그렇게 살고 있으니..

내 눈에는 다른 사람들도 다 열심히 사는 것 같다.

겨울방학의 추억은 재미있고 길어도 쉰 해의 삶은 겨울방학보다 짧은 것 같다.

불행은 인생을 길게 만드는 것 같고 행복은 빨리 지나가는 것 같다.

Jung mi 문자: 파일 전송했다. 몇 십리를 걸어서 문서를 전하던 한 양이 1분 만에 가까워지고 50년이 혹~ 가버렸다.

친구한테 장문의 문자가 왔다.

정미야!

다른 작가들은 탈고의 느낌을 출산의 산고와 비교하던데 책으로 나오면 네 손을 떠난 거라 오로지 독자들의 세계에서 다시 태어나는 것,

이젠 의연하게 담대하게 마음 가다듬고 성당 가서 기도드려 모르는 사람들 혹은 비평가들이 혹독하게 평할지도 모르니 상처 받거나 상심할까 봐 노파심에서 내가 너에게 예방 주사 면역체 처방해준다.

좋은 글만 보고 행복해지고 의욕 충만하게 충전하도록 한국 가족들이 너의 그림들을 보고 행복해졌으면 좋겠다.

선주문 해주신 그 분들 다 너의 진실이 통한 사람들이다.

'행복한 밥상' 안에서 네 꿈이 현실로 이뤄졌구나.

너의 성실과 열정과 추진력을 아는 사람들이고 170명 모두 하모니를 이룬 거야.

'금을 쌓아 두는 것보다 자선을 베푸는 것이 낫다'고 좋은 결실로 모두에게 나눠주는 거야.

암튼 용감한 친구! 너의 꿈을 아무도 막을 수는 없어!

나야 너를 잘 아니까 다 좋아!

내 생각 제일 좋게 해줘서 고마워!

친구 중에 네가 정말 첫째다!

마치며

세월은 흘러가는 것이 아니라 천천히 다가오는 것…. 50살 이후에도 시간만큼 그냥 늙어 가고 싶지는 않다. 3가지의 눈인 보는 눈, 심장의 눈, 영혼의 눈으로 아티스트로서, 화가로서 개성과 창조력이 필요한 것을 관찰할 것이며, 하늘의 섭리에 순종하고 정성스럽게 인생에 보답하며 살아갈 것이다. 그림은 나를 끊임없이 성장시킨다, 사랑을, 믿음을, 우정을, 꿈을, 사람 관계를….

'선물'은 어떠한 작은 것이든, 귤 반 조각이든, 한 줄의 문자이든, 손으로 만든 조각보이든, 봉투이든, 빵 한 개이든, 주는 사람의 마음도 기쁘고 받는 사람의 마음도 기쁘고 행복해야 한다. 그래서 책 제목도 『선물』이라고 지었다. 책 속에는 선물이라는 단어가 참 많이 나온다. 인연도 자연도 동물도 귀한 선물이다. 이 그림책으로 나도 기쁘고 읽는 사람도 행복했으면 좋겠다. 글도 그림처럼 창작의 연장선이라 생각한다.

지겹고 지루한 것을 싫어해서 여기까지 온 것 같다. 일루전(illusion, 환상, 착각) 같은 이 그림책은 토막글에 매끄럽지 않고 서툴고 생뚱맞은 글일지라도, 쉰 해 정성스럽게 살아온 것처럼 그림책도 정성껏 만들었다. 선주문한 사람들에 의해서 만들어진 책이다.

오늘도 몇 일 인지, 무슨 요일인지, 몇 시인지 모르고 책을 마친다.

지천명에 나는 다시 초심으로 돌아간다. 가장 잘사는 방법은 후회하지 않고 사는 것…. 나의 인생 후회하지 않도록 좋아하는 일을 먼저 했다. 여전히 그림에 관심 없는 사람도 많지만, 한 점의 그림이 누군가에게는 절대적인 행복이 될 수도 있고 위안이 될 수도 있다 내가 술에 전혀 관심이 없듯 누구에게는 술 한 잔이 행복이고 위안이기 때문이다.

행복이든 불행이든 이리로 오너라!
인생은 다양하게 경험하는 것이니까!
그리고 돈은 자기가 행복해지는 일에 쓰는 사람의 것이니까.

50년 동안 나를 잘살게 만들어 준, 핸드폰에 저장되어 있는 450여 명, 『선물』 음식 그림책 프로젝트에 선주문 해주신 분께 마음 깊이 감사드리며, 주문해 주신 분들 때문에 기적처럼 그림책이 만들어졌다. 나도 170명 넘는 사람한테 한꺼번에 받은 선물이다.

천지만물의 이치에 통달하고 듣는 대로 모두 이해하는 10년 후인 이순을 향하여, 보고 있으면 휴식하고 싶어지는 백설이와 천천히 가려 한다. 이순보다는 칠순에 더 편안한 할머니가 되었으면 좋겠다.

4살 때 서울의 가장 높은 산꼭대기 삼각형 기름종이 집에서 아장아장 걸으며 찢어지게 가난하게 나의 인생은 시작되었지만, 아무것도 없이 태어났기 때문에 잃을 것도 두려울 것도 외로울 것도 없다고 생각하니 차라리 편했다. 행복과 돈, 사랑은 없어질 것 같은 불안감도 있기 때문에….

쉰 해 동안 얻은 것이 너무 많다. 인생한테 많은 고마움과 빚을 졌다. 가족을, 친구를, 일을, 생태계를, 자연인 하늘, 땅, 바다, 햇빛, 비, 바람, 눈, 삼라만상의 '선물'을 너무 많이 받았다.

행복도 사랑도 공부처럼 예습 복습이 필요하고, 노력하면 행복할 수 있다는 것을 깨달았다.

부러우면 지는 것이 아니라, 이제는 오랫동안 외로우면 인생한테 지는 것이다. 외롭지 않은 사람이 어디 있고 힘들지 않는 사람이 어디 있는가.

"인간을 미워하는 것은 이해심이 부족해서이고, 세상을 원망하는 것은 세상에 대한 무지에서 온다." (노희경)

무식한 것보다 더 위험한 것은 무지이다. '더 리더(책 읽어 주는 남자)'의 주인공 마이클은 안나에게 "너의 영혼을 완벽하게 만드는 것이 바로 사랑이야."라고 말한다. 그 말이 아리듯 울려 퍼진다.

그림은, 사랑은 그들만의 리그가 아닌, 우리 모든 사람의 리그였으면 한다. 아이들부터 80대까지 편안하고 쉽게 볼 수 있도록 밥상 위의 음식을 나의 주제로 삼았다.

그림은 세상 사람들과 색깔로, 느낌으로, 형태로 소통하는 색채의 시(詩)다. 병으로, 사고로, 노후로 내가 언제 나의 자리를 거둘지 알 수 없겠지만, 소소한 즐거움을 잃지 않고 사는 것, 무슨 일을 다시 시작할 때 마음을 먹고 실천한다는 것. 얼마나 설레고 기분 좋은 시작인가.

절대 긍정만 품고 산다면, 꿈을 품고 산다면 이 세상은 희망이고, 칠순이 넘어도 인생은 끊임없는 배움의 현장이다. 그것이 일이든, 장사이든, 그림이든, 사랑이든, 어학이든, 취미이든, 여행이든, 운동이든 간에….

그림만을 열정적으로 그린 것이 아니라, 50년을 열정적으로 살았다.

나를 화가로 만들어 주고 많은 사람들을 행복하게 해주는 해피바이러스 남편한테 이 책을 바친다.

"남을 행복하게 해줄 수 있는 사람만이 행복을 얻을 수 있다." (플라톤)

친구야! 이 책 너한테 주는 선물 이야!